我迷，故我在

迷小說

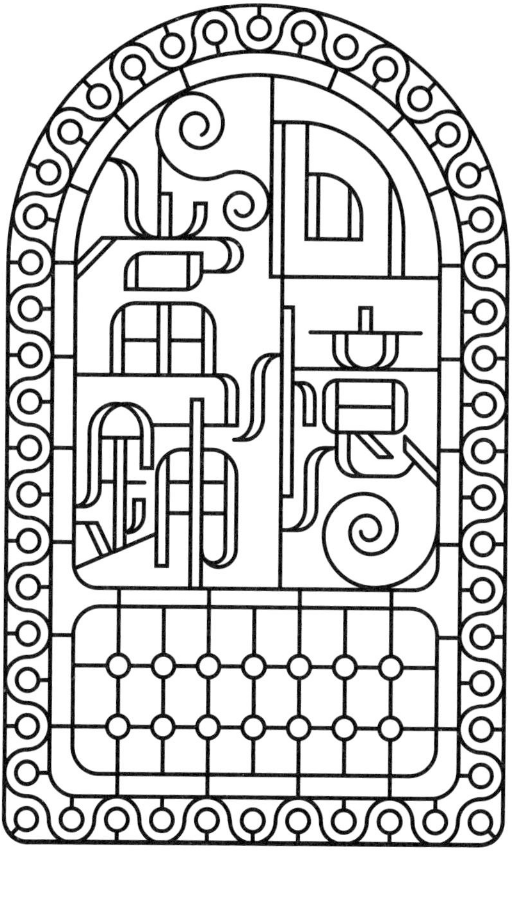

想い出あずかります

吉野万理子／著　林冠汾／譯

博識出版

大人們並非完全沒有發現孩子們的表現有些異常。

舉例來說，從隔壁鎮上調來這裡的小學老師澤松，就很納悶爲什麼他擔任副導師班級的六年級學生，一定會用注音來寫「ㄏㄨㄟˊ ㄧˋ」。

考國語時如果題目是「請用國字寫出『ㄏㄨㄟˊ ㄧˋ』」，小朋友們當然會寫，但如果沒有強制規定，全班三十二名學生都會把作文習題的題目「暑假回憶」寫成「暑假ㄏㄨㄟˊ ㄧˋ」。

剛開始澤松不厭其煩地想問出爲什麼，但漸漸地也就習慣了。到了隔年暑假，澤松自己也會在黑板上寫「習題：暑假ㄏㄨㄟˊ ㄧˋ」。

另外，在鯨崎車站擔任站務員的芋川滿也是。他在家裡一邊看著日本老電影，一邊詢問十一歲的兒子大和：

「你不知道什麼是當鋪吧？」

「知道啊。就是把自己的東西寄放在那裡，然後跟店家借錢。如果沒有還錢，就會流當。」

聽到兒子毫不猶豫地就回答，芋川滿嚇了一跳。芋川滿本身不曾造訪過當鋪，大和那口吻卻簡直像眞的去典當過東西一樣。

不過，芋川滿沒有再追問下去，因爲電影接下來的情節更吸引人。

所以，沒有一個大人知道鯨崎町的小朋友經常會去海角的山崖下，也沒有人把這件事和這些疑問聯想在一起。大人們一致認爲「小朋友們是在那山崖下打造了祕密基地在玩耍」。說到祕密基地時，大人眼裡會閃過如彩虹玻璃彈珠般的五彩光芒。二十年前、三十年前的他們也會瞬間甦醒過來。

1

「走快點啊！」

哥哥大和吆喝道，遙斗鼓起腮幫子嘀咕著：

「野草一直割到我的腳，很痛耶。」

想走到岸邊，只能順著這條細窄的石階往下走。這條不知道哪個年代蓋好的石階表面凹凸不平，左右兩側的地面冒出長長的草。遙斗的腳踝和膝蓋從剛剛就不斷被野草割傷，還留下好幾道小傷痕。

松木的樹枝彎曲傾斜，形成有如拱門般的弧形。雖然明白樹枝是被強勁海風吹得扭曲變形，但遙斗還是露出不安的表情抬頭望著松木。他心想，「搞不

好是哪個人惡作劇才把樹枝彎成這樣。」別說是樹枝了，只要使出魔法，那個人一定能夠讓任何東西變形。沒錯，現在正是要去見那個人。可以用「人」來稱呼對方嗎？還是妖怪？不行，如果想成是妖怪，誰還敢繼續前進啊？

石階中途彎向右方，所以完全看不見岸邊。這條石階有個傳說，據說不管再怎麼認眞數石階，每次數出來的結果還是不同。有時是兩百階，有時是兩百零七階，也有一百九十八階的時候。

不過，遙斗現在根本沒有餘力數石階。石階兩側的草愈來愈高，遙斗只能拚命用手撥開野草，一步一步地往下走，哪有多餘的時間觀察四周。

潮水的氣味鑽進鼻孔，耳邊不時傳來浪花濺起的聲音，遙斗只能靠著嗅覺和聽覺來感受大海。

「野草一直割到腳？我不是告訴過你要穿長褲嗎？我有沒有說過？」

大和停下腳步，轉過身抱著胸面對遙斗。或許是由下往上看的緣故，大和的眼睛比平常看起來更像三角形。不用說，大和當然是穿著牛仔長褲，上半身搭配卡其色長袖襯衫。

「有……」

遙斗心不甘情不願地答道。難得有機會要去海邊，沒有踩踩水也太可惜了吧。遙斗因爲這樣才穿了短褲，但這似乎是個錯誤的決定。遙斗氣得不想向哥哥解釋，所以默默地走下石階。

「我是無所謂啊，現在就回家也沒差。」

大和板著臉說道。平常星期六大和總會睡到中午過後，但今天就爲了幫遙斗帶路，被迫在上午十一點半吃早餐，十二點半出門來到這裡。「呼啊——」大和似乎故意打了個大呵欠。

不過，遙斗的頭抬也不抬，裝作沒看到，然後皺著眉頭往下走。仔細一看，從深紅色短褲底下露出來的雙腳確實有好幾處傷口，有些地方還微微滲出鮮血。弟弟還只是小學一年級，身高只有一百零七公分，大和發現，自己能夠輕鬆撥開的雜草，對弟弟來說其實挺難應付的。

「眞是的。」

大和嘀咕道，又開始往下走。

「你看！只要走到這裡就可以看到海邊了。而且，從這裡的樹底下看過去，還可以看到屋頂。」

「眞的嗎？在哪裡？」

遙斗腳步輕快地跳下來。大和心想「什麼嘛，明明還這麼有精神」，當場後悔自己不應該溫柔地鼓勵弟弟。

「哪裡哪裡？」

「那裡啊！」

大和一邊盡可能地保持冷漠的語調，一邊指出位置。那棟房子就蓋在山崖下，海上的鯨島正好替它擋住了海風。房子的紅色屋頂帶有光澤，石牆呈現淡淡的奶油色。遙斗心想，「好像車站前面那家蛋糕店的黑醋栗慕斯蛋糕喔。」

好不容易走下所有石階後，眼前看見的不是沙灘，而是高低不平的岩岸。不過，走到一半時，原本高低不平的岩岸像用銼刀磨過了似的，變成像一塊平坦的黑板。黑醋栗慕斯蛋糕就蓋在這塊黑板上。

因爲這裡的海灣實在太小，所以漁船開不進來。往東邊前進一公里的地方有兩處面積較大的海岸，其中一處是漁港，另一處是海水浴場。也是多虧有這樣的地理條件，所以大人們不會靠近這裡。不對，應該是相反。正因爲有這樣的好條件，魔法師才會在這裡開店。

木紋招牌上以渾圓的字體寫出店名。遙斗認識的字還很少，頂多只認得「山」、「川」、「上」、「下」而已，但不知道爲什麼，卻認得「當鋪」二字。住在鯨崎町五歲以上的小朋友，應該都認得這兩個字吧。這些小朋友從還沒有能力走下山崖的年紀，就經常在很多地方聽到關於這裡的傳言。

如果像哥哥一樣好好利用這家店，就能夠順利賺到錢。賺到錢後，就能夠偷偷買媽媽不肯買給我的遊戲軟體。遙斗深深吸進一口氣。海灣風平浪靜，潮水退去後應該可以看到寄居蟹或海星。不過，稍遠處的鯨島另一端掀起高浪，浪花隨之濺起。那海浪近似黑色，而不像藍色。魔法師晚上自己一個人待在這種地方，難道都不會害怕嗎？還是海浪一下子洶湧，一下子平靜，也是魔法師在控制呢？

「進去囉。」

在大和的催促下，遙斗推開木頭大門。他心想，「如果是我自己一個人來，肯定在石階下面就折返回去了。」

* * *

「你知道這裡是一家什麼樣的店嗎？」

魔法師問遙斗。遙斗坐在沙發角落，無力地搖搖頭說：

「不知道。」

這時，在窗邊欣賞蝸牛的大和立即回過頭。

「我不是跟你說明過了嗎？」

大和皺起眉頭說道。遙斗可能是太緊張了，才會把原本聽過的說明忘得一乾二淨。所以，儘管大和這麼說，遙斗還是想不起來。

沒錯，眼前這個人害遙斗很緊張。遙斗從剛才就一直低頭偷瞄著魔法師，魔法師從壁爐旁的書架上取出一本像相簿的大型檔案夾。

這個魔法師和遙斗想像中的魔法師相差十萬八千里。爲了了解魔法師長什麼模樣，遙斗事前去過圖書館，讀了幾本繪本做調查（說好聽是閱讀，但其實只是看看插圖而已）。

根據遙斗自行研究的結果，得知魔法師的模樣是——

・披著黑色披風。

・頭戴黑色三角帽。

・一頭像燙過似的硬邦邦鬈髮。

・眼窩凹陷。
・鷹勾鼻。
・駝背。
・手拿拐杖。
・年紀很大。

這兩個星期以來，遙斗每天睡前都會在腦海中想像這副模樣的魔法師，然後練習怎麼和他說話。

但是，這個魔法師長得完全不一樣，其落差讓遙斗甚至有一種空虛感，覺得自己的努力都白費了。

首先，披風的顏色就不一樣了。粉紅玫瑰色；遙斗不知道有這種顏色存在，所以自己想像如果在粉紅色的顏料裡混一些褐色，應該可以調出這樣的顏色。

還有，這個魔法師並沒有戴三角帽，而是綁頭巾。她所有的頭髮幾乎都被頭巾包住，只有兩邊耳際的波浪鬈髮垂下來。那髮絲別說是硬邦邦了，甚至還發出銀色光澤。

魔法師的眼窩沒有凹陷，也沒有鷹勾鼻，而是筆直高挺的鼻子。她的腰桿打得直挺，也沒有拿拐杖，一點也不老。

這個人和媽媽誰比較年輕呢？如果有人提出這樣的問題，遙斗可能會在苦惱一陣後，這麼回答：

嗯……這個人。

遙斗坐著觀察的這段時間，魔法師一直站著翻閱檔案夾，翻著翻著還會突然笑出來，似乎忘了遙斗的存在。

遙斗只好看向站在窗邊的大和。大和探出頭看著窗戶，窗戶上有三隻蝸牛不停往返，從窗框的這一端移向另一端。

發現遙斗的視線後，大和說：

「這幾隻蝸牛是專門負責清掃窗戶的。」

第一隻蝸牛一邊前進，一邊從不知道該說是屁股還是尾巴的部位噴出清潔劑。第二隻蝸牛負責踩清潔劑，讓液體延展開來。最後一隻蝸牛用綁在尾巴上的小塊布料仔細擦亮窗戶。

魔法師身後有一座壁爐，但現在是夏末，所以當然沒有點著爐火。那會不會只是裝飾用的壁爐啊？還是到了冬天，真的會有木柴在裡面劈哩啪啦地燃燒著呢？

壁爐右邊有一座小貓形狀的燈具。長約五十公分的貓燈全身發出朦朧光芒。窗外射進來的光線加上貓燈的燈光，讓屋子裡顯得不那麼陰暗。而且，這沙發和椅墊的觸感出乎意料地柔軟，坐起來很舒服。椅墊有紅色、黑色和白色，沙發也是紅、黑、白組合的格子圖樣。遙斗覺得這張沙發比在家居用品店的沙發還要好看。

「糟糕，我太認真在播放回憶了。」

魔法師「啪」的一聲闔上檔案夾後，在遙斗對面的搖椅坐了下來。她搖晃著椅子，輕輕發出嘎吱嘎吱的聲響。

「那這樣，我簡單說明一下這家店的經營模式。」

「好。」

遙斗點點頭心想，「這個魔法師連講話的方式都很奇怪。」遙斗睡前所想像的魔法師是用沙啞的聲音說：「你從哪裡來的？」可是，眼前這個魔法師說話卻流利得像電視裡的女氣象播報員在說：「關東地區天氣晴，甲信地區晴時多雲。」

「所謂的當鋪呢，就是會針對你拿出來的東西支付一筆錢。你拿出來的東西就叫抵押品。會不會太難懂？」

遙斗總算想起哥哥做過說明，他一邊心想，「對喔，哥哥好像這樣說過。」一邊回答：

「嗯……我懂……應該吧。」

「那我繼續說明喔。你只要在二十歲以前還錢，就會退還抵押品。不過，如果超過二十歲還沒有還錢，就會流當。意思就是不會退還。」

「嗯。」

「好，至於你要拿出來的東西——」

這點遙斗記得很清楚，他打斷魔法師說：

「回憶。」

「沒錯，你的回憶。快樂的回憶、不甘心挨罵的回憶、寂寞的回憶；你必須告訴我這些回憶。」

「嗯。」

「聽你說完後，由我來決定價格，看願意爲這個回憶付多少錢。也就是說，當我覺得這個回憶很有趣或很有價值，你就可以拿到比較多的錢。不過，如果你帶了好幾個類似的回憶來，而我不覺得有趣的話，價格就會比較便宜。」

「嗯。」

「那麼，你已經準備好要描述回憶了嗎？」

「我有很多種回憶。」

遙斗不經意地抬頭看向天花板，尋找著適當的回憶。

「有了。昨天的晚餐。」

「晚餐？」

「唔，我吃了蛋包飯和沙拉。」

「是喔。」

「妳要給我多少錢？」

遙斗從沙發上探出身子問道。魔法師用手背掩住嘴巴發出咯咯的笑聲。

「這種的不行。」

「咦？」

「零元。」

「爲什麼？媽媽煮的蛋包飯很好吃耶。」

「你剛剛說的不是回憶，是記憶。」

「回憶和記憶有什麼不同？」

遙斗突然覺得不耐煩了起來，轉身面向大和。可是，大和打開窗邊架子上的罐子，打算要吃餅乾。大和身邊有一隻穿著白色蕾絲圍裙的松鼠，松鼠像揮動拖把似的甩動尾巴在打掃。

遙斗不得已，只好重新面向魔法師。

「我剛剛也說過啊，回憶要像是很快樂、很不甘心或很失望這種會牽動你心情的事件。媽媽煮的蛋包飯很好吃只是一種事實。如果是『很少煮蛋包飯的媽媽隔了三年又煮蛋包飯給我吃，結果超好吃，我也吃得很開心』，那才算是回憶。」

很遺憾地，媽媽經常煮蛋包飯，一個月差不多有兩次吧。所以，不會覺得稀奇，也不會特別開心。

「那這樣，只要想出開心到不得了的事情就好了吧。」

遙斗還來不及仰望天花板，就想到了好主意。他心想，「只要拿哥哥的回憶來說就好了啊。」這麼一來，搞不好哥哥會高興得把吃到一半的餅乾也分給遙斗吃。

「有一種叫小昆蟲卡的卡片，總共有五百種。當中最受歡迎的是深山鍬形蟲，但我們班上都沒有人有這張卡。有一次哥哥說他已經升上五年級，不會再玩小昆蟲卡了，所以把他的卡全部送給我。結果我發現裡面就有深山鍬形蟲的卡，整個人開心得不得了！」

說罷，遙斗瞥向窗邊。如遙斗所期待，大和手拿著餅乾直直盯著這邊看。等魔法師一給錢，遙斗打算也要馬上拿餅乾來吃。

「嗯，很好的回憶。」

「妳要給我多少錢？」

「我想想喔，這是你第一次典當的回憶，差不多算三千五百元吧。」

「三千五百元！」

遙斗在膝蓋上緊握拳頭暗自說：「可以拿到這麼多錢啊！」平常在家裡，幫忙看家一整天可以拿到一百元，幫忙拔庭院的雜草半天五十元。只要說兩、三個回憶，不就一下子可以拿到比壓歲錢還要多的錢？不過，三千五百元要買遊戲軟體可能還不太夠。遙斗暗自計算著。

不過，後方傳來聲音打斷了遙斗的計算。

「不行！不可以當這個。」

大和的臉比剛剛還要紅。他該不會是在生氣吧？

「爲什麼？」

「你是忘了我之前怎麼跟你說的啊？你很笨耶！」

「我哪有笨！」

「如果當了回憶，那回憶就會從腦袋裡消失耶！」

「啊……」

聽到大和這麼說，遙斗總算想起來了。的確，大和做過這樣的說明。魔法師接著說：

「沒錯喔，寄放在我這裡的回憶會從你的腦袋裡消失。不過，曾經有過這段回憶的記憶還是會存在。也就是說，假設大和對你說：『我以前給過你小昆蟲卡吧？』這時候你還會記得『對喔，我把那段回憶寄放在當鋪那裡了。』不過，你不會知道具體內容是什麼。」

「可是，只要在二十歲以前來付錢，妳就會把回憶還給我們，對吧？」

聽到遙斗這麼說，魔法師發出「呵」的一聲。雖然表情在笑，但她的眼睛深邃如深山裡的湖泊。

「大部分的孩子都不會來贖回。」

「咦？可是，他們應該會有錢啊。長大以後可以打工，也可以工作，錢就會一直進到口袋裡來，」遙斗說道。

鄰居的大哥哥就是一個例子。大哥哥上高中後，荷包突然飽了起來。那是因爲他在便利商店打工，所以有錢可以領。

魔法師回答：

「大家都有錢啊。我是說比小時候有錢。不過，他們不會想用這麼珍貴的錢來贖回回憶。」

「爲什麼？」

「回憶這種東西，就算沒有也無所謂。」

說罷，魔法師翻閱起桌上的檔案夾。

「這裡面有很多快樂的回憶，但沒有人來贖回，只有我不知道已經看了多少遍。」

「是喔……」

大和一邊輕輕戳蝸牛的背，一邊說：

「所以，如果你也把回憶當在這裡，就會一輩子不記得我給過你小昆蟲卡這件事。」

大和小小聲地補了一句：「哼！我是沒差啦。」

「那我找其他回憶好了。」

遙斗再次抬頭盯著天花板。雖然魔法師難得要給三千五百元的價格，要放棄實在可惜，但回憶隨手一抓就有。看是要講學校的事情，還是家裡發生的事情……

「我希望有五千元。」

遙斗試著先說出價格。他想買的遊戲軟體要價四千八百元。

「這恐怕有困難。除非是很稀奇的回憶，不然我不可能付五千元。」

「那就講兩個。」

「一天最多只能夠典當一個回憶。這是規定。」

「爲什麼？」

「萬一大人覺得整個鎮上的小孩都得了失憶症，還要善後會很麻煩。」

「是喔。」

看見遙斗露出失望的表情，魔法師補充說：

「不過，如果是人生中的第一次回憶，不管是什麼樣的內容，我都會付八千八百八十八元。」

「什麼！」

遙斗忍不住站了起來，但後來覺得有些難爲情，所以裝出一副「我是爲了拉褲管才站起來」的表情，一邊撫平褲子，一邊坐下來。
「只要在有印象的範圍內說出第一次的回憶就好了吧？」
「沒錯，在有印象的範圍內的第一次回憶。」
如果是這樣，遙斗馬上想得出來。腦海中浮現當時的情景，開始描述：
「我記得那應該是我第一天去上幼稚園，時間到了媽媽卻還沒出現。」
「嗯。」
魔法師一邊用食指輕輕轉動波浪鬈髮，一邊附和。
「其他人的媽媽一個接著一個來接人，同學也一個接著一個回去。」
說著說著，當時的光景鮮明地在遙斗眼前播放起來。
「我打電話去你家看看好了。」
說罷，小村老師就走開了。
「你媽媽一定是在路上被車子撞死了啦……」
原本和遙斗一樣留到最後的同班同學隼人說完這句話也先回去了。這天風很強，遙斗一邊哭，一邊看著沙塵在幼稚園的小小庭院裡飛舞。飛舞的沙塵像是一邊在唱著：「你媽媽死掉了……你媽媽死掉了……」
這時，遙斗的媽媽衝了進來。

「我來晚了！」

媽媽穿著白色短衫和桃紅色針織外套，下半身搭配藍色牛仔褲和白色球鞋。遙斗撲進媽媽的懷裡，狠狠地把兩條長長的鼻涕擦在她的白色短衫上。不過，媽媽沒有發現遙斗的舉動。

「你眞是愛撒嬌呢。」

媽媽溫柔地抱住遙斗說道。

「哎呀，太好了！對了，遙斗媽咪，明天起如果有可能會晚到二十分鐘以上，請妳先打電話來喔，不然我們也會擔心。」

小村老師從後方笑容滿面地說道。媽媽頻頻低頭賠不是——

「你確定要把這個回憶當掉嗎？」

被魔法師這麼一問，遙斗頓時說不出話來。媽媽有時候會喜歡舊事重提。

「說到遙斗啊，他第一天去上幼稚園時因爲我太晚去接他回家，就一直哭著等我。」

未來如果聽到這個回憶——

「我當掉了，所以什麼也不記得。」

遙斗一定會因爲這樣而慌張不已。

後方傳來「啪」的一聲巨響。遙斗轉身一看，發現大和不小心翻倒窗邊的餅乾罐，急忙把罐子放回原位。大和原本似乎是想要爬上架子。遙斗這才察覺到原來大和覺得很無聊。

遙斗其實想說幾個其他根本不重要的回憶，然後按照價格來做比較，最後再決定要典當哪一個。不過，看來動作似乎要快一點比較好。不然，回程在石階上有可能又會聽到大和碎碎念個不停。

遙斗用力點點頭說：

「請給我八千八百八十八元。」

* * *

晚餐的菜色有干燒比目魚、羊栖菜和蘿蔔乾，是遙斗不愛吃的菜。遙斗決定改天要把這件事告訴魔法師。魔法師說過，只要在晚餐回憶裡加進「喜歡」或「討厭」的情感，她就願意付錢，所以這個回憶肯定可以當到一些錢。

坐在餐桌上可以看到廚房。廚房的毛玻璃窗底下放著盆栽，盆栽裡的歐芹一根一根地向上伸展著。冰箱上有一塊磁鐵白板，上面的方正字體寫出今天的購物清單。魚、牛奶、雞蛋、青椒。想到明天早上可能要吃炒青椒，遙斗完全喪失和比目魚對抗的精力。他站起身子心想，「要把精力保留到明天才行。」

「嗯？遙斗，你不吃啦？」

看見遙斗離開餐桌往電視機前面走去，母親三津子以尖銳的聲音說道。遙斗覺得媽媽什麼都是尖的。字體是尖的，下巴是尖的，還有聲音也是尖的。

如果不吃了，就好好說一聲「我吃飽了」；在聽到媽媽這麼說之前，遙斗開口說：

「我吃飽了。」

「說再多遍也一樣，你都沒吃乾淨。」

三津子嘆了口氣。那嘆息不是在表達懊惱的情緒，而是像一把剪刀要剪斷室內的空氣。

「骨頭上還有很多肉耶。」

遙斗裝作沒聽見。他覺得媽媽很像啄木鳥。叩！叩！叩！一隻老是喜歡啄著樹幹相同部位的鳥。嘴巴尖尖的鳥。

「吃得不夠乾淨」是媽媽每天必定嘮叨的事情。爸爸在家時，還會袒護遙斗說：「他還只是小學一年級而已嘛。」但如果爸爸不在家，媽媽就會一直嘮叨同一件事情。

遙斗當然也明白，如果不想被嘮叨，吃乾淨就好了。但是，今天算是特殊狀況，萬一不小心話匣子打開，聊到了小時候的事情，那就糟了。

你連這件事也不記得啊？

萬一媽媽忽然這麼說，遙斗肯定會膽戰心驚一下。遙斗已經把人生中的第一次回憶典當給魔法師，就算記得有這個回憶，恐怕也已想不出是什麼內容。把回憶典當給魔法師就是這麼回事。

「不要那麼近看電視！眼睛會壞掉！」

叩！叩！叩！啄木鳥又在啄了。

「好啦——」

遙斗拿起遙控器關掉電視。

「你爲什麼關掉電視？」

「喂！你幹嘛？」

連大和也生氣了。遙斗傻笑兩聲後，把遙控器丟在沙發上，往二樓衝去。

遙斗想起不看電視也根本無所謂。因爲剛剛買了新遊戲，沒道理不趕快開始玩！

2

戶外溫度低於十度，但室內暖烘烘的。壁爐裡的明亮爐火熊熊燃燒著，並時而傳來劈哩啪啦的聲響，火花隨之揚起。魔法師只穿了一件黑色洋裝，沒有套上外套或毛衣。

遙斗今天又拿了一個回憶來典當。

「怎樣的回憶？」

魔法師詢問後，遙斗流利地開始說明。遙斗固定來這家當鋪已經有兩年的時間。如今已成了這裡的老顧客之一。

「昨天啊，媽媽叫我去買東西，所以我去了超商。媽媽每次都會說：『你要

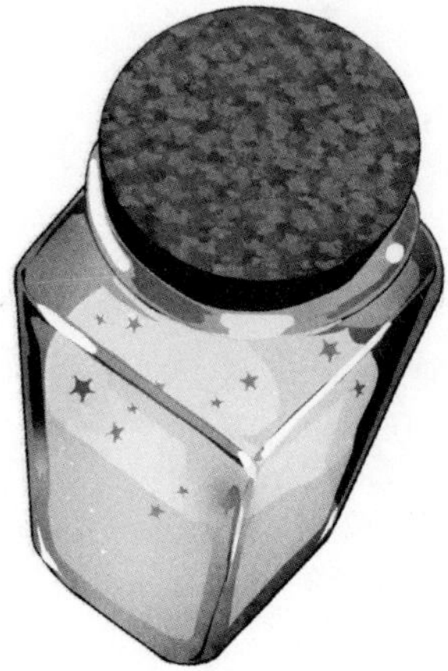

走大馬路去，不可以從公園穿過去喔。天色變暗時，公園可能會有危險分子出沒。』可是，根本沒有什麼危險分子，而且走公園比較近。所以，我走了公園過去。反正不說就不會被發現。」

「是喔。」

魔法師一邊附和，一邊在編織。紅色毛線編出三角形的編織物，不知道是要被當成披肩來用，還是要用來鋪在地板上。既然會魔法，施一下魔法不是就可以瞬間編好嗎？雖然腦中浮現這樣的疑問，但遙斗決定繼續說下去：

「可是，回程路上遇到了隔壁阿姨，阿姨還跟我說：『好乖喔，幫媽媽買東西啊？』當時我很正常地回了一聲『嗯』，哪知道阿姨今天在媽媽面前提起這件事。她說：『妳兒子好乖喔，會幫忙做事。我昨天在公園遇到他呢。』再來會怎樣妳應該猜得到吧？氣死我了。」

遙斗鼓起腮幫子說道。魔法師一邊勤快地動著雙手，一邊說：

「又挨罵了啊？」

「每次都這樣。爲什麼我幫忙去買東西，還要挨罵啊？哥哥他最賊了。他自從升上國中加入足球隊後，就完全沒有幫忙做過家事。可是媽媽連吭一聲都沒有。」

原本注視著毛線的魔法師忽然抬起頭。銀色波浪鬈髮閃過一道光芒。

「先只針對回憶的部分總結給我聽，哥哥的事情和今天的回憶無關吧？」

「嗯……」

遙斗心想，「乾脆不要講，回去算了。」每次只要有人罵遙斗，遙斗就會想要摀住耳朵，當什麼事情都沒發生過。不過，遙斗改變了念頭。因爲他想起最令他生氣的人。

「結果媽媽說：『既然不聽話，就暫時不准你吃冰。』每次去幫忙買東西回來，都可以吃一根冰棒當獎勵，現在被取消了。而且不知道要取消到什麼時候。雖然媽媽說取消到我會反省爲止，但誰知道會到哪年哪月。」

「所以你想當掉這個回憶？」

「嗯。這麼做是好事吧？這樣就會少一個討厭媽媽的回憶，對媽媽也比較好。嘿嘿。」

「是好事還是壞事不是由我來決定。」

聽到魔法師這麼說，遙斗發現自己其實是希望魔法師贊同這是好事。遙斗會有這樣的想法，或許是因爲他內心深處並不認爲這是好事。

「我可以付七百元。」

「啊！上次明明還有一千元。怎麼愈來愈便宜？」

聽到遙斗的抗議後，魔法師把毛線和鉤針放在沙發上，起身去拿檔案夾。

「沒辦法，都是類似的回憶，我都聽膩了。」

「是喔。」

遙斗感到無趣地嘀咕道。那這樣，下次再來時挑學校的事情來說好了。

「哎喲？下一個客人來了。她說要採訪我呢。」

魔法師看向窗外說道。遙斗跑向窗戶，掀開蕾絲窗簾。儘管遙斗湊到眼前，三隻蝸牛一副完全沒發現的模樣，依舊勤快地打掃著。

她就是校刊社的社長啊，遙斗看著對方看得入迷。

大家都已經知道她的名字。她叫永澤里華，加入鯨崎國中的校刊社，今年秋天剛當上社長。爲什麼連小學三年級的遙斗也認識她呢？那是因爲她向鎮上所有小朋友發出了通知。有的人是收到Email，有的人是直接收到通知。兩者的通知內容都一樣：

首創先例！大膽直擊！

即將採訪ㄏㄨㄟˋ ㄧˋ當鋪的魔法師！

報導內容將刊載於鯨崎國中校刊！
請大家踴躍提出問題，
我會為大家直接向魔法師發問！

鯨崎國中二年級　永澤里華

後來，遙斗只提出一個問題，並請哥哥代爲傳達。

「請問魔法師幾歲了？」

因爲媽媽之前說過直接問女生的年齡很沒禮貌，所以遙斗一直認爲不可以問魔法師幾歲。不過，如果有人願意幫忙問，遙斗當然很高興。魔法師到底幾歲了？兩百歲左右？還是十萬歲？幾歲會死掉——？應該也要提這個問題的；遙斗一邊感到遺憾，一邊盯著永澤里華走來，並從頭到腳仔細打量一番。

明明是放假天，永澤里華卻穿著制服。深藍色運動夾克、深藍色毛衣、深藍色百褶裙，加上白色圓領短衫。雖然全國各地都看得到像這樣的制服，但這一帶只有一所國中，所以不用擔心會認錯學校。

「你好。」

當遙斗察覺時，永澤里華已經來到玄關。大門只打開五公分左右的縫隙。永澤里華沒有把門打得更開，似乎是在猶豫該不該擅自走進來。

「請進。」

儘管魔法師如此說道，里華還是沒有要進來的意思，於是遙斗跑了出去，把大門整個打開。

「歡迎。」

「咦？」

里華露出驚訝的表情看著遙斗，水汪汪的大眼睛變得更大了。里華的表情有些像在瞪人，遙斗不禁往後退了一步。

里華立即轉動視線尋找魔法師，似乎對遙斗不感興趣。

「我今天自己一個人來，請多多指教。我沒想到會有其他人在，所以嚇了一跳。」

「喔！他是剛好來典當東西。啊！我忘了。」

魔法師拿出桃紅色長皮夾，用白皙細長的手指從裡面掏出一枚五百元硬幣，和兩枚一百元硬幣遞給遙斗。

雖然已經錯過時機，但遙斗又想到了另一個問題。那只桃紅色皮夾表面有很多條歪七扭八的紋路，班上同學都說那一定是蛇皮，請問是眞的嗎？世上有粉紅色的蛇嗎？還是魔法師自己染的？

遙斗心想，「我不能就這樣留在這裡嗎？」而在玄關原地踏步了一會兒。聽到腳步聲後，她們會不會以爲我已經回去？這樣就可以躲在窗簾後面了。還是我可以和松鼠一起打掃房間嗎？

然而——

「我想做一對一的採訪。所以，掰掰囉。」

里華毫不留情地趕走遙斗。剛剛明明是遙斗爲里華打開這扇門，現在卻被趕了出來……

算了。

遙斗跑了出去。現在如果去濱海公園，應該隨便就會遇到班上哪個同學吧。採訪開始前我還一直待在當鋪呢；遙斗一邊思考要如何炫耀，一邊衝上漫長的階梯。忽然間，遙斗停下腳步。

唔，萬一媽媽她們看見報導會怎麼想？她們會不會察覺到「原來就是魔法師搞的鬼」，遙斗才會經常失憶？會不會在學校引發後遺症？

不對，這是國中校刊，哥哥不會把校刊帶回家，所以媽媽絕對不會有機會看到。

遙斗這麼告訴自己後，繼續爬石階。強勁的海風吹了過來，微溫的海風在背後推著遙斗向前行。

＊　＊　＊

透過窗戶可以看見遙斗逐漸跑遠。里華心想，「我是不是應該讓他留下來比較好？」想著想著，遙斗的身影已消失不見，所以留或不留都太遲了。

畢竟里華從來沒有一個人來過回憶當鋪。說得更清楚一點，里華從來沒有典當過回憶。她只陪朋友麻美來過，而且只是在旁邊安靜觀看而已。那時里華毫不客氣地看遍屋內每個角落，愈看愈覺得這是個怪地方。現在獨自來到這裡，發現這裡不應該說是怪地方，應該說是「陰森」會更貼切。一直在窗邊來來去去的蝸牛搞不好會突然變成巨大的蝸牛，一口把里華吞下肚。現在在眼前倒茶的松鼠，說不定在茶裡下了毒。

還有，最可疑的是魔法師本人。這個魔法師的樣貌一點也不像魔法師。里華想起掛在學校音樂教室裡的歐洲知名作曲家畫像。貝多芬、莫札特、海頓、韓德爾；他們每個人都被畫成了藍皮膚，平面感的畫風也缺乏眞實感。不過，這些畫像散發出一種氛圍，讓人覺得如果在深夜打開音樂教室的門，可能會看見他們浮出來交談或在室內走動，甚至彈起鋼琴。

眼前的魔法師正好就和這些畫像的感覺一樣。雖然畫像當中沒有女性，但就算在海頓和貝多芬之間放上一張魔法師的畫像，也不會覺得突兀。然後，到了半夜，魔法師就會輕飄飄地浮出來。

倒完紅茶後，松鼠輕快地踩著小碎步離去。魔法師像接到交棒似的把毛線球放上架子，接著在搖椅上坐了下來。

里華發現坐在沙發上會陷得很深，視線也會變低，有種魔法師高高在上的感覺。

當然不能輸給魔法師了。

里華迅速往前探出身子，讓自己在沙發上坐直。既然已經來到這裡，也只能硬著頭皮進行了。大家都在等待這一期的校刊，等著看這場採訪。

「我是永澤里華，是鯨崎國中的校刊社社長。」

里華把剛印製好的名片放在桌上。因爲不想被魔法師看輕，里華特地爲了這一天印製了名片。只是，她看不出來是否成功傳達了意圖。

「喔。」

魔法師只這麼應了一聲。

里華決定直接發問。她早就決定好第一個問題要問什麼。

「妳為什麼會答應接受採訪？」

「為什麼要這麼問？」

「大家都鬧成了一團。因為大家一直認為ㄏㄨㄟˊ ㄧˋ當鋪是個祕密地方，不可以讓大人知道，也覺得不可以問魔法師太多問題，所以聽說有些小孩一直忍住不敢發問。可是，妳現在卻說想問什麼就問什麼，還說可以寫成報導。而且，這樣大人也會看到……」

魔法師只是輕笑一聲，沒有說任何話。於是，里華重複一遍說：

「妳為什麼願意接受採訪？」

「我一直以來都願意啊。」

「咦？」

「可是，都沒有人說要採訪我，就這樣而已。」

為了不讓人看見自己失望的表情，里華翻起了筆記本。其實里華一直期待著可能會聽到自己想聽的話。

——我被妳的熱忱打動了。我有預感妳一定會採訪得很好，所以才答應了妳——

「那麼，我開始發問了。」

里華提出筆記本上的第一個問題。

「請問妳什麼時候開始在這裡經營ㄏㄨㄟˊ ㄧˋ當鋪？」

「忘了耶……什麼時候開始的啊……」

「大人們都不知道當鋪的存在，也就是說，算是最近的事情囉？最久也不超過二十年。」

「沒那回事喔。妳忘了嗎？過了二十歲以後，當抵押品的回憶會流當，在那同時，來過這裡的記憶本身也會消失。」

對啊，我都忘了。或許是從來沒有典當過回憶，所以明明聽朋友說明過，卻沒有牢牢記住。

里華決定從不同角度切入。

「請問這世上大概有多少魔法師？」

「我忘了耶。」

魔法師偏著頭說道。看見晃動的波浪鬈髮，里華想起自己還是小學生時曾經嚮往過這種像少女漫畫般的髮型。不過，比起銀髮，還是金髮比較好看。

「我從來沒算過有多少同伴。」

「怎麼會？」

里華表示不滿的意見後，魔法師輕笑一聲說：

「妳也是吧。妳也不知道地球上總共有多少人吧？」

被將了一軍。的確，雖然知道全世界有六十億以上的人口，但不可能知道確切數字。

「那請問距離最近的魔法師在哪一帶呢？他在做什麼？」

「忘了耶……這一帶應該只有我吧。我是聽說過更南方的海邊有一個在經營什麼工廠的魔法師。」

「啊？這樣妳不會很寂寞嗎？妳偶爾會去見對方嗎？」

「見誰？」

「見想見的人啊！不是人，我是指魔法師同伴。」

魔法師露出了苦笑。不對，或許是里華覺得她在苦笑。魔法師其實只是偏了偏頭而已。

「我從來沒有想見某人的念頭。」

「這是因爲妳和大家的感情不好嗎？」

「沒有啊。」

「像我上次得了感冒發高燒，所以請假請了一個禮拜。那時候我每天都很想念班上的同學，後來隔了一個禮拜再見到同學，就覺得很開心。」

里華一邊說，腦海一邊依序浮現班上同學的臉。可是，想到坐在斜後方的相澤雪成後，就想不起下一個同學，而一直停留在相澤雪成的臉。平常很少笑的雪成因爲左膝蓋受傷，而暫時退出足球隊。里華腦海中幻想出來的雪成，嘴角硬是被加上了酒窩。

不知不覺中，里華自己的嘴角似乎也上揚了起來。

「妳怎麼了？」

魔法師問道。關於雪成的事，里華只告訴過麻美。不過，魔法師又不是班上同學，甚至也根本不是人類，或許沒必要隱瞞吧。想到這裡，里華說：

「我想起請假那段時間特別想見的人。」

「是妳喜歡的人？」

被魔法師這麼一問，里華不禁感到驚慌失措。

「呃……不過，有一段時期我很討厭他。」

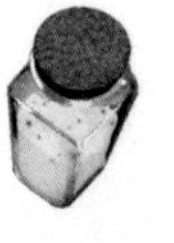

「明明喜歡，卻又很討厭？」

里華把筆記本和筆放在桌上。她擔心聊起雪成後，可能會忘了手上拿著東西而掉到地上。

「上國文課的時候，老師要我們閱讀課本上提到的小說，然後大家一起討論友情是什麼。那時老師叫到我，所以我回答說：『就算過了五年、十年，我還是希望能夠永遠珍惜和班上同學的友情。』如果有人追問我眞的這麼認爲嗎？我可能會沒什麼信心，但我知道這是老師想聽到的答案。再說，也沒有人會在班上說眞心話。我相信如果老師叫到其他同學，其他同學也會回答類似的答案。不過，他沒有。」

「他怎麼回答？」

「聽到我的答案後，他哼了一聲。老師就是因爲聽到聲音，才會把他叫起來問說：『那你怎麼想？』我因爲被嘲笑覺得很不服氣，所以也凶巴巴地瞪著他。可是，他根本不在意我的眼神，也不在意教室裡的氣氛。他說：『所謂友情，是一種結果而不是決心。過了五年、十年後，去到別的學校交到其他朋友是很正常的事。如果這樣還能夠持續聯絡，那或許是友情，但如果一開始就說要持續聯絡下去，明明連友情存不存在都不知道，卻表現出友情深厚的樣子，就太愚蠢了。』」

聽到魔法師附和說：「是喔。」里華放寬心接著說道：

「我並不是認同了他的想法。而且，我也覺得他的想法太偏激。不過，他沒有回答大家和我都知道的正確答案，而是大膽說出自己的想法。到了事後我才覺得這樣的表現真的很酷，然後就愈來愈喜歡他。就算我沒有因爲感冒請假，光是週末放假不能見面，我也會很想很想見到他。」

里華發現話題偏向與採訪完全無關的方向，所以硬是補上一句說：

「所以，我才會想請妳告訴我，妳有沒有像這樣的對象。」

魔法師語調平淡地回答：

「我和同伴之間不會有『很想很想見到他』的心情。人類才會有這樣的心情吧？」

「咦？是嗎？」

「是啊。因爲我們魔法師有永恆的生命，所以就算現在見不到，未來總有一天也會見到。妳們人類之所以會有很想見到某人的想法，是因爲知道有一天將永遠無法見面。」

「咦……」

里華絲毫不願意去思考有一天將永遠無法見到相澤雪成這件事。為了不讓這種事情發生，里華打算報考雪成想唸的高中。

彷彿識破里華的想法似的，魔法師接著說道：

「儘管如此，你們總有一天還是會死去吧？這就是我們之間的不同。就算我在這個山崖下已經住了一萬年，只要收起當鋪到處去散步，還是會找到朋友。而且，因為隨時能夠再見面，所以也不會因為重逢而特別開心。或許應該說，不覺得有什麼可貴吧。」

「可貴……」

到底可不可貴，里華也不是很懂。每天面對家人、老師或朋友時，里華不可能抱著「對方總有一天會死去而再也無法見面」的想法和他們互動。

「魔法師絕對不會死嗎？」

有可能絕對不會死嗎？

「對啊。」

「那妳現在幾歲？請問妳什麼時候出生的？」

「不知道。魔法師一族誕生的瞬間或許存在過，但那已經是很久很久以前的事情，誰也不記得了。」

「魔法師眞的可以長生不死啊？有點羨慕。」

「會嗎？」

魔法師偏著頭說道。

「那麼……魔法師現在散落在世界各地嗎？」

「世界……妳說的世界是指這個地球上嗎？不是只在這個地球上，我們也有同伴在宇宙的星球旅行。我們魔法師一族不管在什麼地方做什麼事情……不，就算沒有做任何事情也不會怎樣。就算不吃不喝、不睡覺，也能夠永遠地活下去。」

「不吃不喝也可以？眞的嗎？」

「眞的啊。」

里華一邊努力靠意志力控制自己不抬起下巴，以免做出挑釁的行爲，一邊詢問：

「那妳爲什麼要在這裡開當鋪賺錢呢？如果妳說的是眞的，根本不需要開店吧？」

里華有一種駁斥了對方的成就感。即使沒有把下巴抬得高高的，可能也已散發出打倒對方的傲氣。然而，魔法師沒有要退縮的意思。她一副理所當然的模樣說：

「因爲很無聊。」

「無聊？」

「如果沒有事情可做，只是晃來晃去到處散步，會慢慢覺得厭煩。所以，我起了一個念頭。我在想，如果自己也參與人類世界，不知道會怎樣？想到要掌握金錢價值和人類互動，就讓我心驚膽跳。」

「心驚膽跳？」

「是啊。對我來說，要給對方一億元很容易，但如果我做錯了這件事，孩子們應該會嚇到暈過去吧？」

「應該會吧……」

「要學習怎麼拿捏，讓我覺得很有意思。」

「是喔。」

「妳看喔，妳有沒有養過貓？」

「有啊，牠叫咪可。」

「咪可很好玩吧？有時候會用喉嚨發出怪聲，有時候晚上會兩眼發亮地跳來跳去。觀察到這些舉動後，會覺得貓和人類不同，所以很有趣。我想，我也是一樣的心情。」

魔法師是想表達人類和貓咪屬於同等級的意思嗎？還是她想惹火我？雖然這些疑問浮上了心頭，但里華硬是壓了回去，開始確認筆記本的內容。

雖然收集了很多問題，但大多是「幾歲？」或「家人住在哪裡？」之類的內容。就魔法師剛剛回答的感覺，就算丟出再多這類問題，恐怕也得不到有幫助的答案。

里華目不轉睛地從魔法師看似頭巾的帽子到腳尖，望了一遍，然後決定丟出自己想問的問題。

「請問妳叫什麼名字？」

「我沒有特別取名字，叫我魔法師就好了。」

「可是，妳一點也不像魔法師啊。一般來說，魔法師都是鷹勾鼻、聲音沙啞、駝背，然後披著黑色披風、手拿拐杖。」

「果然是這種印象喔。這點我也知道，只是……」

魔法師的臉上浮現微笑。里華不知道該怎麼接續話題而沉默不語，魔法師搶先開口說：

「一開始我也曾經配合過。爲了配合大家對魔法師所抱持的印象，我不但變成鷹勾鼻、發出沙啞聲音，還弄成駝背。妳知道的，只要有那意願，魔法師想怎樣就能怎樣。不論想變身成什麼，都難不倒我們。」

「妳現在可以馬上變身嗎？」

里華詢問後，又急忙補上一句說：

「我的意思不是要妳現在馬上變身。」

如果在這種地方突然冒出一團煙霧，然後看見聲音沙啞的老太婆走出來，里華可能會嚇得腿軟。

「可以馬上變身啊。不過，我不想這麼做。變成人類想像出來的模樣太無趣了。每天都要披著黑色披風無聊死了。」

「呃……我怎麼愈聽愈糊塗了。那不是人類想像出來的模樣，而是魔法師本來就都長那個樣子。以前的人看到過那樣子的魔法師，才會一直流傳到現在，不是嗎？」

「喔，關於看到的地點，正確來說呢……」

魔法師站起身子，從牆上的架子抽出一本地圖。里華猜想那可能是魔界的祕密地圖，但後來發現只是人類繪製出來的一般世界地圖。

「是在這一帶。」

魔法師翻開第十四頁的北歐三國地圖，指著最右邊的國家說道。

「聽說我們住在這裡的同伴被人類看見了。不過，那已經是一千年以前的事情了。」

「咦？」

「同樣是魔法師，會的魔法也有分很多種等級。那位同伴的魔法似乎不太靈光。不過，已經過了一千年，或許現在比較進步了吧。總之，那位魔法師想要變成人類的模樣，結果不小心變成眼窩下陷、臉上爬滿皺紋，聲音還很沙啞。還有，服裝也變成黑嘛嘛的長袍配上黑色披風，還有黑色帽子。他心想算了沒關係，就直接以這副模樣在人類世界現身，然後說自己是個魔法師。後來，看見他的人類把他寫成各式各樣的童話和傳說，一直流傳到現在。」

「是喔。也就是說，我們所知道的魔法師只是眾多魔法師當中的一個而已囉？」

「沒錯。」

「那麼，如果當初看到的是一個高個子、身材削瘦、戴著大禮帽的男性，我們就會以為那就是魔法師的模樣？」

「應該會吧。」

「是喔……」

意外的收穫。這樣或許可以不寫揭穿魔法師隱私的八卦報導，改成「我們認知的魔法師與事實相差多少？」的聳動標題。只是，這樣不知道算不算是社會新聞？想到這裡，里華不禁加快了動筆的速度。

很好，就照這樣的感覺直搗核心。里華並不打算讓自己的報導僅止於單純的「魔法師介紹」。

「妳爲什麼只跟小孩子做生意呢？妳是不是施了魔法，讓大人看不見這間當鋪？如果是要做金錢和回憶的交易，應該以大人爲對象比較好吧？」

「會嗎？大人會自己賺錢吧？會因爲不知道怎麼賺錢而傷腦筋的，應該是小孩子吧。」

或許魔法師說的很正確。里華差點就要點頭贊同，但立刻告訴自己「現在不是被收買的時候」，並握緊左手拳頭用力頂住大腿，讓自己加把勁。

「可是，提供金錢，但相對地拿走回憶，這樣不會太殘忍了嗎？」

「殘忍……？」

「是啊，如果小孩子因爲缺錢而傷腦筋，直接給錢不就好了？」

「不會吧，妳這麼說是眞心的嗎？」

「咦……？」

「我可是用了自己的方式做過研究。如果直接給錢，對小孩子的教育不大好。還是要有代價比較好。因爲付出勞力，所以拿到現金當獎勵。因爲賣了家裡的舊書，所以拿到錢。不是應該這樣才對嗎？所以，我才決定也要向小朋友收東西。」

「可是，收走回憶太過分了吧。我認識剛剛那個小男孩的媽媽耶——」

里華說謊。她和遙斗是第一次見面。所以，萬一魔法師詢問：「那妳說說看他叫什麼名字啊？」里華就會露出馬腳。但是，魔法師似乎沒有要詢問的意思，所以里華繼續說下去。里華知道身爲一個記者不應該說謊。不過，正確來說，這不是在說謊，而是在「套話」。對方不是人類，而是魔法師，耍這麼一點心機應該不爲過吧。里華這麼說服自己後，接著說道：

「他媽媽很擔心呢。擔心他的記憶時而清晰，時而模糊。他媽媽還跟附近的媽媽和學校老師討論過，說擔心他是不是在公園跌倒，所以頭部受到重擊。」

「如果是這樣，遙斗自己應該會察覺差不多快被發現了吧。然後，他就不會再來這裡。」

里華一邊心想「那個小男孩叫遙斗啊」，一邊反駁說：

「還是小學生的小小孩不會察覺這種事情的。」

「我懂了，妳討厭我開ㄏㄨˊㄟ ㄧˋ當鋪吧？」

里華發現魔法師的眼珠化成深不見底的深邃琉璃色，不禁垂下眼簾說：

「也不是討厭……」

然後，里華輕輕捏了一下大腿。如果現在退縮，就失去跑這一趟的意義了。

「我不是討厭。只是，對鎮上的小朋友來說，這間當鋪的存在被說成像救難小屋一樣，還受到如英雄般的看待，但是我並不這麼認爲。我想表達的意思不過如此而已。」

或許不是在表示認同，但魔法師用力點了一下頭。里華發現魔法師是在催促她說下去，於是豁出去地說：

「我認爲回憶不是任何人的東西，而是屬於自己的東西。小小孩不會太慎重考慮這一點，覺得只要拿得到錢就好，才會很爽快地賣掉回憶——」

「他們不是在賣回憶喔。」

「就算不是眞的在賣回憶，還是會有很多小朋友這麼認爲。」

「我每次都會詳細說明喔。我會告訴他們只要在滿二十歲以前來還錢，回憶就不會流當，我也會確實退還回憶。我這裡和眞正的當鋪不一樣，我不會加收利息。只要還給我典當時的金額，我就會退還回憶。」

「可是……」

「反而應該說有些微不足道的回憶如果自己保留著，很快就會忘記，但我會收進檔案夾裡好好保存。他們來贖回回憶時，搞不好還會感動地說：『哇！原來我有過這樣的回憶啊。』」

「這——」

「不過，一百個人當中只有一、兩人會來贖回。」

「咦？」

「回憶沒了就沒了，又不會因爲這樣就不能生活。就算被周遭的人發現沒有回憶，對方也只會說：『你已經不記得了啊？』然後就結束話題。如果是這樣，就沒有理由特地要來贖回回憶吧。也就是說，對人類而言，回憶其實沒那麼重要。」

「妳都怎麼處理滿二十歲的人的回憶？丟掉嗎？」

「我不會丟掉回憶。我會保留在檔案夾裡。有時候也會回頭看看那些回憶。如果連我都不看，那些回憶一輩子也不會再被想起。」

「檔案夾累積太多的時候呢？收集到無數的回憶後，書架一下子就會爆滿吧？這麼一來，應該會一點一點地丟掉吧？」

面對里華硬是要問到底的態度，魔法師緩緩地搖了好幾次頭。

「我會把它們沉到海底。」

「什麼？」

「我會把書架上滿出來的回憶，一個一個變成海星，讓它們沉睡在這片海岸。」

「那這一帶不就會看見海星到處爬來爬去，把生態都搞亂了？」

「不會的，那些是我做出來的海星啊。它們不會吃東西，只會一直在海底沉睡，然後愈變愈小，最後變成星星形狀的砂粒。」

「這……這樣啊。」

里華說不過魔法師，也發現自己已經找不到可以反駁的話。

「儘管如此……我還是覺得把回憶當抵押品好像不大對。」

里華只能夠這樣發表籠統的意見。里華看向窗邊，剛剛還在做家事的松鼠，現在正枕著自己的尾巴睡午覺。窗外可以看見海浪撞上岩礁而濺起浪花。

好像不大對……這什麼爛說法啊，一點說服力也沒有。虧妳還是校刊社、虧妳還是校刊社——

里華不禁覺得陣陣襲來的海浪如此數落著她。

＊　＊　＊

「我覺得，這個很有趣。我之前都不知道妳有這方面的才華。」

擔任校刊社顧問的赤塚老師，像在喃喃自語似的說道。斜陽照進放學後的國文科辦公室，不論是黑色電腦、奶油色窗簾還是咖啡色書架，通通像被包上了一層橘色薄紗。

里華站在老師身邊等待他接下來要說的話。即使已進入秋季，赤塚老師還是每天只穿著一件襯衫上班。每次在社團時間見到老師，里華總會吐槽說：「外面楓葉都快紅了耶。老師，只有你還停留在夏天。這樣好嗎？」不過，今天的里華爲了要分析老師的語氣，已經沒有餘力吐槽了。

覺得很有趣、有才華；明明是如此正面的話，語調卻像持續走了好幾公里的田間小路似的欠缺抑揚頓挫。這到底意味著什麼？

老師重新拿起放在書桌上的原稿，翻閱了起來。如果換算成四百字原稿用紙，那三張Ａ４的原稿差不多有九張稿紙。里華在家裡用電腦聚精會神地敲打鍵盤，然後再把檔案帶到學校，利用午休時間到社團教室列印出來。列印原稿時，麻美和其他同班同學剛好看見，還打包票地說：「這太強了！遠遠超出期待！」

看見老師一直沉默不語，里華按捺不住地說：

「其實我拍了照片，但沒有照出來。」

老師抬起了頭，然後把瀏海往後梳。那舉動像是要蓋住變得稀疏的頭頂。不論是稀疏的毛髮、老師的臉，甚至眼珠子，都是一片橘色。

「嗯……？拍了照片？」

「是的。我用數位相機拍了十張左右。拍了招牌和當鋪外面。其實那天我請魔法師站在招牌前面，拍了兩張照片。事後我想把照片叫出來看，結果發現所有檔案都不見了。不過，也不能怪魔法師啦。魔法師肯定是覺得不能讓大人看見她，所以施了魔法讓檔案不見。」

「嗯，很徹底喔。」

「我也這麼覺得。如果沒有這麼徹底的話，或許魔法師就無法在人類世界停留太久吧。我想這會是一篇轟動社會的新聞。如果知道魔法師和大家持有的印象不同，還長得像一個外國貴婦，大人們也會大吃一驚吧。對了，乾脆畫插圖好了——」

「不對、不對、不對，我不是這個意思。」
老師攤開手心做出阻止里華的手勢後，接著說道：
「我剛剛說的『很徹底』，不是在說魔法師，而是在說妳的世界觀。」
「我的世界觀？」
「一個國中生能夠把故事編造得如此徹底，我覺得很獨特。」
「啊？」
「不過，最重要的一點……也就是……這點實在太理所當然了，理所當然到我都忘了告訴妳……」
「什麼？」
「所謂的新聞報導，是要寫眞正發生過的事情。」
「唔！」
里華說不出話來。里華用拳頭拍打著胸口，像是要把卡在喉嚨裡的食物拍下去似的。
「意思是說，老師，你覺得我寫的是騙人的？」
「我不覺得妳是在騙人。我覺得這故事寫得很好。」
「這不是故事，是眞的。」

「妳的幻想症這麼嚴重啊。」

「咦……？」

「妳一定是想像力太豐富了。妳是不是搞混了？誤以爲小說、漫畫、電視連續劇或電影裡的情節在自己周遭眞實發生著？不對，我不應該用搞混來形容。比起自己在現實中的生活，寧願選擇進入幻想的世界；妳應該及早意識到自己有這樣的傾向比較好。妳想想看，明年你就要升上三年級準備應考了，對吧？妳要知道入學考試考的國文不能用想像的，而是要以現實來作答。」

里華想到解圍的好辦法。

「請老師也問問看其他社員。可以問麻美或美乃里。」

「咦？」

「中午我在社團教室列印這個時，她們也在場。我讓她們看了原稿。」

「這樣啊……結果呢？」

「她們說很厲害、很有趣。還說寫了很多她們不知道的事情。當然了，她們幾個也都見過魔法師。而且，我第一次會去ㄏㄨㄟˊ ㄧˋ當鋪，還是因爲陪麻美去典當回憶。」

「嗯……」

「雖然我只有把原稿給二年級的同學看，但一年級的學弟妹和三年級的學長姊也都知道我要去採訪。請老師找個學生來問看看。我要做採訪的消息四處散播，不然老師也可以找你班上的學生來問問看。」

坐著的赤塚老師正要伸出手時，改變了想法。他似乎覺得這種時候應該要站起來比較好。老師忽然站起來，拍了幾下里華的肩膀。這種態度根本就像一個優秀教師在安撫天眞學生。幸好老師的手沒有一直放在里華的肩膀上，否則里華肯定會生氣得聳肩揮開老師的手。

「向他人確認。嗯，正確的觀念。在新聞記者的世界裡，這種行爲叫作求證。聽到某消息後，爲了得知是不是事實而做求證。再怎樣老師也勉強算是校刊社的顧問，我當然求證過。不過，這並不表示我認爲這故事是事實。我只是想確認有沒有哪家當鋪會讓人聯想到這家當鋪，或有沒有老頭子在鎭上徘徊，自以爲很好玩地在吹噓這類故事。」

不管里華怎麼說，老師的腦袋似乎完全認定「這是虛構故事」。里華沉默不語地等待老師繼續說下去。

「所以，就結論而言，算是如了妳的願。我剛剛把二年級的三個社員全叫來問過。美乃里、佐奈江，還有麻美。」

「如果是這樣，事情就好辦了。我希望老師也能聽聽大家怎麼說。」

她們三人其實也迫切渴望一起去採訪，但因為考慮到太多人去拜訪會讓魔法師起戒心，所以里華阻止了她們。不過，也有一部分是因為，里華想要獨占獨家新聞。

「我有好好聽大家說話。」

「大家怎麼說？」

「三個人都說沒聽過有這種事情。」

「等一下，怎麼可能！不可能！」

赤塚老師的脖子像用橡膠做成似的，彈性十足地左右搖擺了好幾次。

里華一邊想像自己掐住老師脖子不停前後晃動的模樣，一邊繼續說道：

「可是，雖然是我去做採訪，但事前在整理問題時，她們三個都幫過忙。還有，如我剛剛所說，她們也看過寫好的稿子——」

「原來妳這樣想啊。妳希望她們三個也在妳編織的夢裡出現，對吧？」

「拜託不要說成像小說裡登場的人物一樣！」

「不是啊，她們說根本是第一次聽到這次的特刊要以魔法師為專題。」

「什、什麼跟什麼——」

「永澤，如果是因爲當社長讓妳覺得壓力太大，可以換其他人當啊。這不是什麼名譽會受損的事情。我聽我弟說過，他說眞正的新聞記者當中，甚至有人會說：『不用升官也沒關係，我想要在新聞現場當一輩子的記者。』然後向公司提出要求。」

老師的弟弟在東京當新聞記者。這關我什麼事？我現在根本不想聽老師弟弟的故事。

「我要退出。」

當里華察覺時，這句話已脫口而出。

「退出？妳是說不當社長？」

看見老師露出鬆一口氣的表情，里華抬起下巴說：

「不！我要退出校刊社。」

「咦？可是，下星期不是有和其他學校的交流會嗎？那活動不是以妳這個社長爲中心在做籌備嗎？」

「有幻想症的社長還是不要去參加和其他學校的交流會比較好。」

里華從老師桌上搶走列印出來的原稿。

「啊！永澤，妳不要往壞的方向去想啊。我不是在嘲笑妳的幻想症。我只是有點擔心——」

里華沒有聽完老師的話，就關上國文科辦公室的門。社團教室！先去社團教室！我要逼問大家到底是怎麼回事。麻美、美乃里、佐奈江，妳們幾個是覺得我獨占了功勞，所以故意刁難我嗎？

里華想要快步行走，但似乎因爲太激動而無法順利動作，最後變成了小跳步。不是這樣的吧；里華這麼想而停下腳步時，後方傳來聲音。

「永澤。」

咦？里華回過頭看，發現是班上坐在她斜後方座位的相澤雪成。沉默寡言的雪成竟然會主動攀談，如果是在平常，這是足以寫在日記第一行的重大事件。但是，這樣的事件並不足以一掃里華的激憤情緒。

「什麼事？我現在有急事。」

說著，里華走了出去。

「妳要去哪裡？」

「社團教室。」

「如果妳是要找麻美她們，她們已經離開了。」

「咦？」

里華停下了腳步，然後緩緩轉過身。雪成該不會也是「那幾個傢伙」的同伴吧？

「她們來拜託我。」

「拜託什麼？」

「拜託我幫她們向妳說明爲什麼跟老師說『不知情』。」

里華的不耐煩情緒上升到頂點，只能發洩在眼前的雪成身上。

「爲什麼校刊社的事情要由相澤同學來插手？這跟你無關吧？你是足球隊的，並不是相關人士吧？還是，你該不會和麻美在交往吧？你想以男朋友身分來表示意見，是不是？」

「不是……重點是……」

「說啊！」

「到頂樓去說好了。有人在看。」

「咦？」

里華這時才察覺到走廊角落裡，有兩名看似一年級的女同學注意著這邊的動靜。還有，國文科辦公室的門微微開啓，赤塚老師探出頭在看。老師似乎是想走出來又猶豫了一會沒有出來。

里華板著臉爬階梯。

這所學校的學生之間有一個默契，也就是只有二年級以上的學生才能夠自由進出頂樓。還有，頂樓角落有一間小倉庫，小倉庫後面是班級風雲人物、作風大膽的男女生約會的地點。雖然大家都可以自由進出那裡，但必須遵守「即使看見激情動作，也不能大呼小叫」的約定。也就是說，還是不要接近那裡比較安全。

基於這樣的考量，里華和相澤雪成占據了視野遼闊的西側頂樓，並讓身體倚在柵欄上。以這幾天來說，今天風和日麗、氣溫偏高，穿過柵欄吹來的風掀起運動夾克的下襬，感覺很舒服。比起走廊，果然還是在頂樓和雪成說話比較好。雪成的瀏海隨風搖曳，看著看著，里華不禁覺得自己是在風大的展望台約會。在這時刻或許能夠心平氣和地聆聽社員們的背叛始末……雖然里華腦中閃過這樣的想法，但終究是不可能的事情。里華低聲詢問：

「所以呢？你要說什麼？」

「我沒有和人在交往。」

「啊？」

「我是在回答妳剛剛的問題。」

「咦？」

「妳不是問我『該不會和龐美在交往吧？』」

「喔，嗯……」

原來相澤沒有女朋友啊。

「是龐美自己跑過來拜託我的。她說：『我如果直接跟里華解釋會愈講愈複雜。』她說女生很容易情緒化，沒辦法好好說話。所以，龐美好像寫了信，但寫得很冗長。她說：『里華一定不可能有耐心讀到最後。』」

「嗯，不可能。」

「所以，她才來拜託我……根據她們的說法，她們說妳一定不會討厭我。」

里華差點咋舌，於是急忙緊緊抿住嘴。龐美，妳又多了一條不可原諒的罪狀。妳明明答應過絕對會保密的！

因為抿著嘴，里華的表情似乎變得更凶。雪成露出困擾的表情說：

「沒有啦，是我自己跟她們說妳應該很討厭我才對。對吧，上次上國文課的時候，妳還很生氣的樣子。」

「我哪有！」

里華徹底否認，但表達出來的語氣更像在生氣。

「咦？妳是說妳沒有在生氣？」
「呃……」
「那，回到正題。」
「嗯。」
「關於赤塚老師詢問時，痲美她們爲什麼會說『不知情』的原因。」
「快說。說明白。」
「她們說想保護魔法師。」
「咦？」
「她們說午休時間讀了妳的原稿後，發現這是一篇很深入的採訪報導，萬一採訪內容被公開了，大人再怎樣一定也會去海岸尋找。」
「可是，大人看不見ㄏㄨˊㄟ ㄧˋ當鋪啊。」
「是嗎？我從來沒去過那裡。」
「什麼！」
「很奇怪嗎？」
「不是，我是在想我找到同伴了。去採訪時我是第三次去那裡，所以也跟你差不多。先不說這個，就算大人去了那裡，魔法師也不會受到影響。她本人也明白這點，所以很大方地接受了採訪。」
「可是，就算大人看不見，還是可以禁止進出吧？」
「禁止進出？進出哪裡？」
「我聽說要走很長一段下坡路才能夠走到海岸。」
「嗯。」
「如果那裡被封鎖了，誰也下不去。」
「如果是這樣，魔法師一定會用簡單的魔法在其他地方開當鋪。」
「魔法師或許會這麼做，但她可能會發現不一定要拘泥於這個城鎮，找其他城鎮也可以，然後去到很遠的地方也說不定。」
里華回答不出來。她壓根兒就沒想過這樣的可能性。
「麻美她們甚至思考到這樣的可能性，所以打算等到第五節課下課後，再跟妳商量不要交出原稿。可是，妳已經交給了赤塚老師。不得已之下，她們只好跟老師說謊，試圖把報導壓下來。」
淚水奪眶而出，里華自己也感到訝異。腦袋明明認同麻美她們的判斷或許是對的，眼淚卻不肯聽話。接下來脫口而出的話語，連里華自己都感到意外：
「相澤……你一定也跟老師一樣。」

「咦？」

「你剛剛輕描淡寫地做了說明。從你的語氣就聽得出來你的想法。你沒去過ㄏㄨㄟˋㄧˋ當鋪，對吧？所以，你覺得那是我妄想捏造出來的故事。」

「我怎麼可能那樣想。」

「那這樣，你看一下這個，然後告訴我你的感想。」

里華動作粗魯地把從老師桌上搶回來的原稿塞給雪成。

「這就是那篇報導的原稿啊……」

相澤一邊說，目光已經開始從左方掃向右方，再掃回左方，急切地掃視印在A4紙張上的原稿。

因為不想看見雪成臉上出現失望或懷疑的表情，里華越過柵欄俯視操場。里華看見了麻美。平常連里華在內，大家總是四、五個人一起熱鬧地走回家，今天卻只有麻美一人。麻美駝著背，步伐沉重地走著。

大笨蛋！我討厭妳！

如果從這裡這樣大叫出來，一定很爽快；里華一邊心裡這麼想，一邊雙手抓住柵欄用力搖晃。

這時，校內突然播放起德弗札克的〈念故鄉〉。這段音樂是用來告知，距離最後放學時間還有三十分鐘。

雪成沒有察覺到音樂在播放，不爲所動地翻到倒數第三頁繼續閱讀。雪成發表感想的時刻愈來愈近了。里華感覺得到臉頰開始泛紅。不過，因爲夕陽已轉紅，所以旁人看不出差別就是了。

頂樓已經沒有其他同學。教務人員隨時有可能來關門。里華擔心地看向門的方向時，雪成抬起了頭。

「我相信。」

雪成說道。然後，又重複說一遍：

「我相信妳的原稿。」

「謝謝。」

夕陽的顏色像極了在魔法師店裡喝到的朱紅色紅茶。那顏色相當純正，沒有摻雜其他色彩。里華仰望著在空中盤旋的老鷹。較低處有五隻、較高處約有四十隻左右的老鷹不停地盤旋，看起來就像大幅度在攪拌紅茶一樣。

「相澤，你的說法果然是正確的。」

「什麼？」

「友情不是抱著要守護下去的想法而延續下去的東西。友情這麼輕易地就結束了。」
「妳不跟她和好啊？」
「嗯，不可能。」
「是喔，不可能啊。」
「嗯，絕對不可能。」
「那就別勉強了吧。」
聽到雪成這麼說，里華忍不住噗哧一聲笑了出來。
「一般應該都會說『還是和好吧』才對吧？」
「那種合乎道理的理論不適合我。」
「嗯。不過……」
「不過什麼？」
「少了一個朋友會很寂寞。」
雪成沒有回答。不到十秒鐘，里華已經開始想要收回剛剛說出口的話。如果大口大口吸進眼前的空氣，能夠連同空氣把所說的話吸回去，里華想必會立刻這麼做。雪成一定很討厭被別人依賴。
里華內心慌張不已，此時難以置信的話語傳進耳中：

「——身邊。」

「咦？」

「要不要我陪在妳身邊？」

該不會整座城鎮都被魔法師施了魔法吧……聽著〈念故鄉〉，里華一邊發愣地這麼想。

3

「我想帶妳去見一個人。」

聽到雪成這麼說，里華一直在思考那個人是誰。

公車遲遲沒有來，所以他們在站牌等了十五分鐘之久。如果是平常的里華，一定會用校刊社培養出來的追問功夫追根究柢，但對於雪成，還是會客氣幾分。頂樓那天到現在，已經過了三個月。里華和雪成維持著像在交往又不像在交往的曖昧關係。雪成今天該不會是要帶我去給爸媽鑑定吧？可是，如果是要去雪成家，應該不會搭這班公車啊。

好不容易搭上公車後，多虧有暖烘烘的暖氣，全身血液開始迅速流動。里

華雙手隔著裙子摩擦著大腿。爲了雪成，里華費心打扮穿了紅色迷你裙，搭配高筒襪和長靴。也就是說，在這麼冷的天氣，里華卻裸露著大腿。里華做了如此犧牲，雪成卻不知道在沉思什麼，完全沒有提及她的裝扮。

「咦？要去醫院啊？」

公車開到了鯨崎綜合醫院的站牌，在雪成的催促下，里華走下公車，並抬頭仰望老舊的建築物。這棟在昭和五十年（譯註：民國六十四年）落成的醫院，雖然重新裝潢過好幾次，但牆上還是會看到多處小裂痕。鯨崎的居民會開玩笑說：「被救護車送往醫院時，如果被送到這家醫院就是『運氣不夠好』，被送到隔壁城市的綜合醫院就是『中獎』。」話雖如此，但如果骨折或怎麼了，還是必須做精密檢查，所以說來說去，大部分的人還是會來這裡。

雪成一副熟門熟路的模樣，從正門玄關走進去。雖然左手邊的櫃台寫著「訪客請塡寫資料」，但雪成毫不在意地爬上樓梯。

里華追上雪成的腳步，終於忍不住拉了一下他鼓鼓的大衣下襬。

「欸，我們要去見誰？對方生了什麼病？如果沒先問清楚，我怕我會說出什麼失禮的話。」

雪成在樓梯平台停下腳步。

「就算說了失禮的話也沒關係。」
「咦？」
「因爲她會馬上忘記。」
「忘記……」
「沒錯，妳知道失智症吧？就是老人痴呆。不過，不是完全痴呆，狀況時好時壞。有時候能夠正常對話，有時候會把我當成別人，很多種狀況。」
「這樣啊……」
「她是我的曾祖母。不過，我都叫她初婆婆就是了。」
「因爲她的名字叫初？」
「沒錯。」
「她幾歲了？」
「八十六。不對，八十七歲了。妳知道我們家是做生意的。我爸媽和奶奶都要工作，所以在小學畢業之前，我每天都會在初婆婆家吃晚飯。」
「小學畢業？那不就才兩年前的事情……」
「聽說失智症來得很快。可能是我上了國中之後，就沒有再去找初婆婆的關係。」

「那現在是在這裡治療失智症嗎？」

「不是，失智症的治療好像沒有很順利，這次是看整形外科。初婆婆因為受傷倒在路上，所以被送到這裡。左腳嚴重骨折。雖然也有人說初婆婆是被車子撞到，但她本人記不太清楚狀況，沒辦法好好說明。」

「這樣啊……」

雪成繼續爬樓梯。病房在三樓的護理站後面最後一間。

「是單人房啊。」

「剛開始是住四人房，但初婆婆會在半夜大聲吵鬧，或是腳不能動還想要到處走動，搞得雞犬不寧。」

「原來如此……所以，我只要正常地和她說話就可以了嗎？」

「我只是想讓妳看一下初婆婆長什麼樣子而已。所以，妳不用特別在意什麼事。」

「嗯……」

病房門打開著，護理師正好在詢問一些疼痛狀況。

「相澤婆婆，我們昨天就把止痛藥停了，妳現在覺得怎麼樣呢？如果還會痛，我就去請醫生再開一些止痛藥。」

因爲是老舊建築物，所以天花板很高，病房感覺很寬敞。里華猶豫著該不該進去，站在門口探頭看著。雪成往病床走去。

「啊，阿、雪。」

初婆婆像喉嚨卡住似的說話斷斷續續。不過，她看起來比里華想像中還要有精神。雪成似乎也有同感。

「太好了。初婆婆今天氣色很好喔。」

說罷，雪成向里華招了招手。

「她是我的同班同學永澤里華。」

「很高興見到您。」

里華打招呼說道，同時也驚訝地發現初婆婆的皮膚十分光滑。里華的祖母才六十五歲，但眼睛下方和嘴角的皺紋都比初婆婆還要深。

初婆婆發出咯咯的笑聲說：

「這是雪成第幾次帶女、朋友來見我了？第三、次？不對，第五次？」

「初婆婆妳在說什麼！她亂說的，這是第一次。」

看見雪成慌張地做更正，里華和初婆婆互看一眼笑了起來。

忽然間，雪成露出認眞的表情說：

「初婆婆，妳今天想得起來爲什麼腳會受傷嗎？」
「誰知道——」
這麼回答後，初婆婆開朗地呵呵笑著。雪成深深嘆了一口氣。

＊　＊　＊

「你眞厲害，這麼冷還喝得下冰可樂。」
里華吐槽說道，雪成露出滿不在乎的表情回答：
「冰塊冷冰冰的超好吃。」
里華喝的是可可，但不是自動販賣機買來的罐裝飲料。這杯可可是雪成從醫院裡的餐廳買來請里華喝的。里華決定把被撕去一半的餐券留下來當作一輩子的紀念。
「初婆婆人好好喔。」
里華沒有和初婆婆交談太多，根本不足以了解初婆婆好或不好。她只是覺得這麼說應該可以討雪成歡心。然而，雪成的表情沒有變得開朗。於是，里華繼續說：
「今天完全感覺不出來她有失智症。我和初婆婆很正常地交談，也談得很愉快。」

「可是，她果然還是不記得。」

雪成低聲嘀咕說道。

「不記得什麼？」

「受傷的狀況。」

「喔……是啊，她好像不記得。可能是真的痛到暈過去了。」

雪成依舊板著臉看向窗外。里華豁出去地追問：

「你是覺得，萬一當初是發生車禍，就是肇事逃逸？」

雪成輕輕點頭。

「警察怎麼說？」

「依狀況來說，有可疑的部分。」

「可疑的部分？」

「初婆婆的鞋子飛到了五公尺外。」

「咦？這太誇張了！只是跌倒不可能飛那麼遠。」

「可是沒有本人的證詞，也沒有目擊者，也沒看見可疑車輛。這麼一來，調查工作就無法進行。」

「這樣啊。不過，幸好初婆婆沒有生命危險。她以後還可以走路吧？」

「骨折完全康復要三個月的時間。這段時間如果一直待在醫院，失智症一定會惡化。」

「那這樣，如果方便的話，以後我可以經常來醫院探訪。只要常有人來，一定能夠刺激腦部。」

如果每次來都能夠享受可可約會時光，那或許也是一種愉快的度過假日的方式。雖然老實說，她也想去看電影或溜冰……

里華表明決心，但雪成斬釘截鐵地搖頭拒絕。

「我想跟妳討論的，不是這件事情。」

「咦？」

「我想跟妳討論另一件事。」

「討論……？」

「有關ㄏㄨㄟˊ ㄧˋ當鋪。」

「你怎麼會突然提起當鋪？」

「上次我也跟妳說過，我從來沒去過那裡。老實說，我一直覺得那裡就像一則都市傳說，所以有一半是抱持著不相信的態度。我覺得應該有設什麼捉弄人的陷阱，等到我心驚膽跳地走下山崖後，就會被大家恥笑。」

里華露出苦笑。

「可是，妳不是拿原稿給我看嗎？妳說妳去採訪了魔法師。」

「嗯。」

「我不是說我相信嗎？」

里華點了點頭。那時候就是因爲雪成這麼說，里華才會覺得麻美她們的事情已經無所謂。後來，里華就這麼退出了校刊社。

「我想跟妳討論的是，希望妳帶我去一次那家當鋪。妳去過很多次了吧。」

「嗯。去過四次。最後一次是去向魔法師報告，那則報導沒辦法登出來。」

「聽到白白接受了採訪，魔法師怎麼說？」

「這樣啊。就這種反應。」

「是喔。那她沒有生氣嘍？」

「嗯，沒有。」

不知何時，可可的表面結了一層膜。里華一邊用湯匙撈起薄膜，一邊問：

「去到當鋪，你想典當什麼回憶？」

以目前的狀況來猜測，難道雪成是想要當掉初婆婆會出現的回憶嗎？不可能吧。

「不是，我不是要去典當，我是想去交涉。」

「交涉？」

「那個魔法師其實什麼魔法都會吧？雖然她把對象限定在二十歲以下的小孩，但如果眞要買大人的回憶，也做得到吧？」

不是買，是抵押在那裡，那裡是當鋪呢；里華連要糾正雪成都忘了。

「大人……你是在說誰？」

「妳猜得到吧？」

「初婆婆？」

「沒錯。」

「咦？意思是要典當初婆婆腦袋裡的回憶？然後要做什麼？」

「雖然初婆婆因爲得了失智症，所以說『不記得』受傷的事，但腦袋裡一定還留有記憶。只要魔法師能夠找出這個記憶——」

里華戰戰兢兢地接著說：

「就知道肇事者是誰？」

「對！」

「可是，就算利用魔法得到了情報，但要怎麼告訴警察？」

「這有什麼好擔心的，只要說初婆婆突然恢復正常，然後自己說出來或什麼的就好了。」

「唔……」

「又不是在說謊。因爲那會是眞正的記憶留在初婆婆腦袋裡的情報。」

不知道爲什麼，里華內心並沒有浮現「對啊！就來調查吧。就請魔法師幫忙吧」的想法。雪成立即察覺到里華的心情，壓低聲音斷然地說：

「我剛剛是說要討論沒錯，但我不是想跟妳討論魔法師會有什麼想法。」

「咦？」

「我只是想問妳什麼時間點去比較好，或是要怎麼做，魔法師才會肯聽我說話之類的事情。至於魔法師怎麼想，我自己會問她。」

雪成對朋友也是這樣的說話態度嗎？這種個性很容易被人誤會；里華這麼分析著。雖然里華不是很了解男同學之間的人際關係，但不禁覺得雪成可能意外樹立了很多敵人。所以，里華告訴自己必須更支持雪成。

「嗯，我知道了。」

里華露出笑容說道，然後撈起再次形成於可可表面的薄膜。

＊　＊　＊

風很強，吹在身上甚至會痛。雖然松樹稍微緩和了劇烈的強風，但空氣發出轟轟的聲響在流竄，站在山崖上如果一個不小心，很可能站不穩腳步。

「好像有點危險。」

雪成俯視山崖的階梯說道。里華以特別開朗的聲音問道：

「這樣的話，要放棄嗎？」

如果沒有里華帶路，雪成恐怕很難自己去到ㄏㄨㄟˊ ㄧˋ當鋪。想到這點，里華甚至有種自己掌握了雪成生殺大權的感覺。

「我是在擔心妳會不會被風吹到山崖底下。」

雪成說道，但不知道是真心話，還是想討里華歡心。里華對自己剛剛的念頭感到不好意思，急忙說：

「別擔心。從階梯走下去後，你就會知道了。」

「知道什麼？」

「你快下來就是了。」

里華率先走下階梯。差不多走下四十階後，石階緩緩彎向右方。

「你看！」

「咦？啊……」

雪成蹲在地上，名爲阿拉伯婆婆納的藍色小花在一旁綻放著。

「這麼冷的冬天怎麼會開花？」

「你有沒有發現風突然變暖和了？」

「爲什麼？」

「因爲魔法師施了魔法。如果太冷，風又太強，來典當的小朋友們都會跑回家吧。所以囉。」

「眞的假的？好用心在經營喔。」

「雖然我也是第一次在冬天來這裡，但我聽朋友說過這件事。我那朋友家裡的暖氣壞了，所以請人來修理的那段時間，她都來這裡避寒。」

這個朋友其實就是麻美，只是里華不願意說出口。

不久後，ㄏㄨˊㄟ ㄧˋ當鋪從樹林之間出現了。

「就是那裡啊。」

里華看見雪成的喉結動了一下，但因爲受到風聲干擾，所以沒聽到嚥下口水的聲音。

走下岸邊後，看見波浪不停掀起又退去。潮水撞上岩石，濺起白色浪花。

「你看！」

里華指出方向說道。

「哇啊！」

雪成瞪大了眼睛。

雪成一向不大會流露情緒，所以這是里華第一次看見他的驚訝表情。里華看著雪成的側臉看得入迷。

肥皂泡泡輕飄飄地從兩人面前不停飛過。濺起的白色浪花沒有落入水面，而是化為圓圓的泡泡在附近飛舞。一百、兩百、三百；每有一道海浪掀來，直徑約五公分的泡泡就愈來愈多。

「平常沒有這些泡泡喔。一定是因為你是第一次來訪的客人，所以表示歡迎。就算這裡再溫暖，從家裡走到山崖的這段路還是很冷，或許是冬天不太會有客人來，所以魔法師覺得很無聊吧。」

為雪成做說明的同時，里華不禁感覺魔法師就像她的朋友一樣。她完全忘了自己根本沒有典當過回憶。

「歡迎光臨。」

看見魔法師時，雪成往後退了一步。雖然在如今已成傳奇的採訪報導裡，里華也確實描述了魔法師的樣貌，但在雪成的腦海裡似乎沒有眞正想像過。的確，任誰也很難想像魔法師會有一頭銀色的波浪鬈髮。

「妳、妳好……」

雪成的步伐縮小很多，小步小步地走進屋內。里華也跟在後頭走進去。壁爐裡的爐火熊熊燃燒著，屋內暖和得讓人想要脫掉大衣。

看見松鼠替客人泡茶，雪成有好一會兒說不出話來，後來才好不容易一句一句地擠出話語。

即使聽到雪成不是來典當回憶，魔法師還是一如往常，臉上帶著像玻璃一般的表情，平靜地聆聽。

因爲雪成事前叮嚀過「不要插嘴」，所以里華一邊觀看兩人的互動，一邊東張西望地環視屋內。可能是已經完成了今天的任務，蝸牛們並排在窗框上休息。里華腦中忽然浮現了一個疑問。這幾隻蝸牛會不會其實個個都是魔法師？就算不是能夠獨當一面的魔法師，也有可能是魔法師見習生吧？而且，自然界裡根本不存在屁股會噴出清潔劑的蝸牛。晚上，等到客人都回去後，大家可能會開開心心地聊天。如果是這樣就太好了……里華這麼想著。里華不願意想像在這麼冷的天氣，魔法師獨自待在這個有時候甚至一整天都沒有客人來訪的地方。

等到里華察覺時，雪成已經說明完來意。魔法師重新披好從肩膀滑落的大紅色披肩後，開口說道：

「也就是說，你希望我去一趟失智症曾祖母的病房，然後從她的腦袋裡找出那場意外的記憶？」

雪成點了點頭。

「我知道如果按照妳的規定，我應該要把初婆婆帶到這裡來。可是，她現在骨折，而且就算沒有受傷，要她走那麼長一段石階也有困難。」

「更重要的是，初婆婆也不會了解自己爲什麼要走石階吧。」

「嗯……」

雪成顯得難爲情地答道。

「嗯。」

「拜託妳了。」

「可是，沒有這種前例耶。」

「拜託妳不要像人類一樣一直說什麼前例不前例的好不好？我們學校老師

也經常會說這種話。每次學生會提出希望放寬校規的議題時，老師都會說：『怎麼可能廢掉長期以來的校規？沒有這種前例。』前例根本全是老師自己訂出來的。這家當鋪也一樣，所有前例都是妳訂出來的，不是嗎？」

「是啊。如果沒有訂好前例，我要做任何事情都可以。」

「任何事情都可以？」

「大部分都可以。」

「就是要毀滅世界也可以？」

「這件事情恐怕不行。」

「爲什麼？」

「其他魔法師會反對。他們如果奪走了我的魔法，我就什麼也做不了。」

「那，如果妳找出我曾祖母的回憶，會有魔法師反對嗎？」

「不會。我想大家不會有興趣的。」

「那這樣，妳一個人判斷不就好了。」

雪成，拜託人的時候不應該是這種態度吧；里華在後方擔心不已，但或許是因爲魔法師不是人類，所以感覺不到她有不高興的樣子。

搞不好魔法師會答應雪成的請求——里華開始有這種樂觀的想法時，魔法師開口說：

「很遺憾，我必須拒絕。」

魔法師的答案似乎讓雪成感到意外，雪成發愣了好一會兒後，臉上出現凶狠的表情，不肯罷休地說：

「爲什麼？」

「我如果接受了你的委託，就不是當鋪主人，而變成偵探了。」

「那有什麼關係？」

「要是被其他大人看見了，他們搞不好會起疑。冒這麼大的風險卻沒什麼好處。」

雪成用鼻子哼了一聲說：

「好處啊，原來如此，那我就給妳當鋪會想要的好處。」

「咦？什麼好處？」

里華探出身子問道，都忘了自己必須保持沉默。雪成沒有看向里華，而是堅定地看著魔法師說：

「我可以把初婆婆的回憶裡面，所有有趣的回憶都典當給妳。」

「爲、爲什麼？」

里華比魔法師搶先一步開口。這時雪成總算看向了里華。

「反正初婆婆早晚都會忘掉。從她小時候到現在的所有回憶都會忘掉。」

「可是……」

「既然這樣，不如先把所有回憶都拿來寄放。就算初婆婆全忘了，只要回憶被好好地保存在這裡，我也可以偶爾來這裡看——」

「只有我可以看回憶檔案。我沒有提供外借的服務。」

「就算是這樣，也總比什麼都沒了要好。至少還有被保存在這裡，不是比較好嗎……？」

雖然雪成的氣勢減弱幾分，所以語調變得柔和，但還沒有死心。里華知道既然雪成有這樣的想法，身為女朋友的她就應該表示支持。至少雪成是希望她贊同的。儘管察覺到這點，里華還是忍不住說：

「我不這麼認為。」

不出所料地，雪成瞪向里華。雪成的眼神相當犀利。剛才的泡泡如果飄到這裡來，可能雪成只要用目光掃射過去，泡泡就會一顆接著一顆破裂。

「為什麼妳要這麼說？」

「因為我反對。基本上，我本來就反對典當回憶的當鋪。」

「對啊，妳說過。」

魔法師點點頭說道。雪成態度冷淡地說：

「我沒問妳意見。」

「回憶是只屬於那個人的東西。其他人不應該隨便打開或取出來。」

「我已經說過了，我沒問妳意見。」

「初婆婆還記得你是『阿雪』耶！」

雪成沉默不語。魔法師直直注視著雪成、觀察他的反應，這時雪成抬起了頭。雪成完全沒有看向里華，而是只對著魔法師說：

「那這樣，只保留我和家人的回憶，其他的全部都當掉怎麼樣？妳是魔法師，要這樣操作應該很容易吧？」

里華再次插嘴說：

「可是，搞不好跟家人以外的回憶當中，也有對初婆婆來說特別重要的回憶啊！」

「妳給我閉嘴。這是交換條件。我剛剛不是說過了，我的最終目的是要找到肇事者。還是妳覺得被人欺負卻完全不反擊是對的？」

魔法師讓肩上的披肩滑到手上，把披肩摺起來。

「可能是兩位的爭論太熱烈了，感覺房子裡變熱了。」

說罷，魔法師抓起放在壁爐旁的粗棍子。粗棍子呈現筒狀，魔法師動作流暢地用棍子吸氣後，火勢隨之減弱成一半。咦？魔法師剛剛把火吞進肚子裡了嗎？不愧是魔法，想學都學不來。里華這麼想著時，魔法師重新坐回椅子上。雪成逼近魔法師說：

「我剛剛一直在跟永澤說話，還沒聽妳的意見。妳願意幫忙嗎？請告訴我妳的答案。」

雪成探出身子，擺出像準備跳水前的前傾姿勢，魔法師微微搖頭說：

「交換條件不成立。」

「爲什麼？」

「沒有特別的理由。」

「這樣我沒辦法接受。」

「如果做了非正規的行爲，就會得到非正規的結果。當鋪會無法再像以前一樣經營下去。」

「這種事情靠妳的魔法就能解決吧？」

「我找不到理由非得這麼做。」

「妳討厭我這種突然跑來求情的人？」

「沒這回事。魔法師本來就沒有喜歡或討厭的情感。」

魔法師語氣平淡地說道。雪成站了起來，壁爐的爐火映入他的眼裡，雙眼看起來彷彿冒著火。

「意思是說，就算訴諸以情也沒意義，對吧？」

「是啊。」

「拜託妳一開始就講明這點好不好？這樣就不會浪費我的時間，我早就拍拍屁股回去了。重點就是，妳根本完全無法了解我受到初婆婆照顧，或想要幫助初婆婆的心情，對吧？意思就是魔法師雖然會魔法，但沒有靈魂。」

雪成用力抓起沙發上的大衣，快步走向玄關，連頭也不回。

「我自己回去。」

說罷，雪成就離開了。現在就算追上去，也只會被甩開吧。里華察覺到這點，所以僵坐在沙發上目送雪成離去。

「這次要改喝檸檬水嗎？」

魔法師才這麼說，松鼠立刻拿著黃色茶壺走來。原來如此，每種飲料都有不同顏色的茶壺啊……里華發愣地這麼想著時，魔法師把茶杯和盤子放在里華面前。

「妳喜歡那個男孩啊？」

如此直接的發問讓里華語塞，但她勉強反駁說：

「就算知道答案，妳也不懂喜歡或討厭的心情吧？」

「是啊，我不懂。不過，正因爲不懂，才覺得有趣。」

「有趣？」

「我的基準是『有趣』或『無聊』，就這兩個。」

「所以，關於雪成的請求，妳是因爲覺得無聊而拒絕？」

里華拿起茶杯，但杯裡還冒著團團熱煙，根本無法入口。里華決定先感受酸甜的香氣。

「老實說，我剛剛是在說謊。」

魔法師面帶爽朗的表情說道。

「說謊？」

「剛剛跟他說的理由只是藉口。我之所以拒絕去曾祖母那裡，是因爲其他理由。」

里華手中的茶杯差點滑落，急忙把茶杯放回桌上。

「怎麼回事？」
「我看見了。」
「看見什麼？」
「未來。」
「咦？」
「如果我如他所願從曾祖母腦海裡找出意外的記憶……我思考到這裡時，看見了在那之後的未來。」
「妳看見的未來是眞的嗎？」
「不知道。因爲我沒辦法驗證。不過，我沒必要妄想吧？所以，浮現腦中的景象肯定是另一種未來。」
「那我這麼問，如果從初婆婆腦袋裡找出記憶後，會有怎樣的未來——」
「會知道是車禍。」
「咦！」
「會知道是肇事逃逸。」
「眞的是車禍啊？不是雪成想太多。」
里華不由地站了起來。可能是動作太迅速了，爐火隨之搖晃起來，火勢變得比剛才還要猛烈。

魔法師語調平靜地繼續說：

「曾祖母沒有看見對方的車牌。不過，她看見了車子的種類和顏色。那是一輛罕見的跑車。剛剛那男孩在附近到處探聽後，得知附近城鎮有人有這樣的跑車。」

「附近？不是鯨崎？是羽須美市嗎？還是金原市？」

魔法師沒有回答里華的問題，而是接續話題說：

「那男孩——雪成——沒有告訴警察。如果告訴警察是曾祖母說的，警察一定會逼問曾祖母，要求曾祖母說明更多細節，對吧？那男孩似乎是覺得這樣曾祖母會很可憐，所以自己直接去找對方做確認。」

「然、然後呢？」

「對方很錯愕。對方肇事逃逸後，似乎打算一直隱瞞罪行。誰知道那男孩卻出現了。所以，對方下了決心。只要殺死男孩，就能夠隱瞞到底。」

「咦……在那之後……」

「那男孩頭破血流地躺在地上。在那之後就沒看到了。」

「雪成……死了嗎？」

「我不知道。」

「肇事者在那之後會怎樣呢？最後會被逮捕嗎？還是順利逃脫？」

「不知道。看到這裡時，雪成就跟我說話，所以中斷了。」

「妳可以現在再看一次嗎？然後告訴我那個人是誰！我來轉告警察。」

「用魔法來解決人類社會的事情，似乎不好吧。」

魔法師說的確實有道理。里華之前多次批評魔法師所經營的生意，現在卻想要徹底利用魔法。因為感到尷尬，里華用拳頭打著椅墊。在腦中反芻對話內容時，里華驚覺到一個事實。

「魔法師，妳是在保護雪成不被殺害嗎？妳喜歡雪成嗎？他講話很粗魯，我還以為妳會討厭他。」

「我剛剛已經說過了，我沒有喜歡或討厭的情感。」

「是喔……」

「話先說在前頭，我雖然本身沒有喜歡或討厭的情感，但我可是集結敏感於一身的生物。我當然懂得判斷，最好避免未來發生那種事情。妳不是喜歡他嗎？」

「呃……是這樣沒錯啦……」

「如果是這樣，萬一我提供協助後，那男孩卻意外死了，妳一定不會再來這裡吧。」

「應該不會。」

「如果變成那樣，就太無趣了。」

「呃……妳的意思是妳很歡迎我來這裡？」

「不知道爲什麼，我就覺得妳很有趣。」

魔法師輕笑了一聲。這是魔法師今天第一次展露笑臉。那笑臉就像春天陽光照射下的黃金糖一樣柔美。

「我？」

里華不由地反問道。

「不太有人會說我有趣。一般都會說我愛講道理、很囉嗦。」

「這些態度也很有趣。」

「而且，我從來不曾典當過回憶。」

「我根本不在意這種事情。」

里華猶豫著該不該說出下一句話，但心想還是必須先說明白，所以繼續說道：

「不過，我不贊成用回憶來換取金錢。」
「就是這點最有趣。我從未遇過哪個孩子說過這樣的話。」
「是喔……眞奇怪。」
爲了掩飾難爲情，里華只能這麼說。
「那，我也來學妳講道理問一下好了。請妳告訴我，那孩子——雪成那孩子——哪裡吸引了妳？」
「哪裡吸引我……我之前跟妳說過了啊。就是在上課的時候，他說了跟我完全相反的意見，我不是說過我本來很討厭他嗎？不過，後來才漸漸地喜歡上他。」
魔法師偏著頭說：
「討厭卻又會喜歡上他……我就是搞不太懂這點。」
「我眞的是個很『平凡』的人。所以，我有幾個好朋友，和老師也相處得還可以。不過，其實我很嚮往『不平凡』的人。」
「那孩子就是讓妳嚮往的人？」
「嗯。」
「因爲他在課堂上說那樣的話？」

「嗯，當然還有其他原因。雪成是足球隊的成員，三年級學生退出後，他就當上了正式球員。那時他膝蓋的傷明明都還沒痊癒呢。當時雪成還是一年級，一年級就當上正式球員很了不起，但班上同學或老師誇獎他時，他卻會回答說：『比起當正式球員，膝蓋比較重要，所以如果在比賽開始前還沒痊癒，我打算讓出位置。』」

「很有趣呢。」

「是啊。膝蓋確實是會跟著自己一輩子的東西，比起爲了一時的熱情而勉強自己，養好身體確實比較重要。聽到雪成說的話，常常會有驚訝的感覺。」

「是喔。」

「諸如此類的事情累積下來，我對他漸漸有了好感。我對他不是一見鍾情喔，而是慢慢、慢慢地喜歡上他。」

說著說著，里華不禁開始覺得自己並沒有十足喜歡上雪成。雖然很尊敬雪成，但搞不好還不到喜歡的程度？

對於讓自己產生這種想法的魔法師，里華不禁感到有些生氣。

「老師不肯相信我採訪妳的報導內容，但我拿給雪成看了之後，他說他相信我。」

說出這段話後，里華才好不容易記起那時的高漲情緒。里華鬆了口氣地喝起檸檬水。

「是喔。好像很有趣的樣子。」

「什麼東西很有趣？」

「有趣和無聊是很明確的感覺。以我的例子來說，不大會有本來覺得無聊，後來慢慢變得有趣的事情發生，我可以憑直覺做判斷。不過，喜歡或討厭的感覺有些不同。眞不知道應該形容是難以理解，還是曖昧？」

魔法師自顧自地說道，自顧自地點了點頭。

里華喝完檸檬水時，魔法師看向窗外。

「喲？那孩子又來了。」

「咦？」

里華驚訝地站起身子，魔法師急忙說：

「唉呀，抱歉。我太常說『那孩子』，很容易混淆喔。我說的不是雪成，而是遙斗。遙斗好像和媽媽處得不好，所以老是來典當媽媽的回憶。」

大門發出「鏗鏘」一聲打開了。

「魔法師——魔法師——我跟妳說喔——」

之前曾經擦身而過的那個小男孩走了進來。我想起來了，之前我好像對魔法師說過我認識小男孩的媽媽。還是趁馬腳還沒露出來之前趕快離開好了；里華拿起大衣準備離開。不過，搞不好魔法師早就侵入里華的腦袋裡，得到這個情報了。

＊　＊　＊

進入第三學期後（譯註：日本有些國小、國中、高中採三學期制），里華和雪成的座位距離變遠了。雪成坐在最後一排的窗邊位置，里華則坐在靠近走廊的前面第二排。因爲距離較遠，不能隨便在下課時間轉個頭就聊天，所以里華一直等待著午休時間的到來。

從ㄏㄨˊㄟ　ㄧˋ當鋪回去後，昨晚本來打算傳訊息給雪成，但一直猶豫著不知道該怎麼寫，想著想著就睡著了。如果眞的喜歡對方，這種時候應該會睡不著才對吧？想到這裡，里華再次失去了信心。儘管如此，里華還是想要好好和雪成談一談。只是，她不想在大家面前被雪成推開說：「少囉嗦。」

午休時間一到，雪成立刻站起來。他手上拿著便當。這所學校沒有硬性規定一定要在教室裡吃午餐。里華也拿著便當盒走出教室，並保持兩公尺的距離悄悄跟在後頭。雪成打算去哪裡吃便當啊？會不會是打算去福利社旁邊的長椅？等走到用玻璃鋪成的通道走廊，學生變少一點後再聊天好了；里華這麼盤算著，但雪成一步一步朝體育館的方向走去。然後，他推開了體育館大門。

那扇四方形大門大約有兩公尺高，很重呢。我自己一個人不知道推不推得動……里華一邊心裡這麼想，一邊接近時，發現大門打開著。

咦？里華驚訝地走進體育館後，發現原來是雪成扶住了大門。

「啊……」

「我看妳不是當偵探的料，跟蹤到被人家發現。」

「沒有啊，我又沒有在跟蹤你。」

雖然做著辯解，但里華察覺到雪成的語調聽起來並沒有在生氣。於是，里華和雪成兩人並排坐在上方觀衆席的長椅上。溫和柔弱的陽光，透過毛玻璃照射進來。這裡就像關掉電源過了十分鐘後的暖爐桌一樣，帶著微微的暖意。

寒冷冬季裡，情侶們沒有辦法在戶外吃午餐，所以這裡是很受歡迎的祕密約會地點。不過，因爲來得早，所以還沒有其他人出現。里華著急地心想，「快趁現在沒人。」

「昨天對不起喔。」

「對不起什麼？」

雪成只說這麼一句就打開便當盒，先夾起佃煮牛肉放進嘴裡。

「就一些事啊。包括沒能夠順利讓魔法師答應你的請求，還有讓你自己一個人先回去。」

里華這時才從袋子裡拿出便當盒。該說的已經說了，如果雪成還是表現出冷淡的態度，那就算了。

或許是總算發現里華沒打算說下去，雪成開口說：

「我又沒生氣。而且，我已經看清那個魔法師的眞面目。」

「咦？」

「那傢伙沒什麼能耐。我當然知道她不是人類，而是魔法師。不過，魔法師肯定也有分很多種類型，那傢伙八成是屬於沒出息的類型。所以她只能拿小朋友當對象，對吧？如果拿大人當對象就會被識破，所以她才會限定於做小朋友的生意。妳不這麼認爲嗎？」

里華不知道該怎麼回答。這時，正好有其他班級的二年級情侶走進來，里華的目光瞬間被吸引了過去。

「嗯——是這樣嗎？」

里華含糊地答道。雪成一邊大口咀嚼，一邊充滿自信地點點頭。

「肯定是啊。從初婆婆的記憶裡避開家人的回憶，然後只典當其他回憶，她不可能做得到這種高難度的動作。不只這樣，對於小朋友拿來典當的回憶，她根本沒有存檔起來。她只是在洗腦而已，讓小朋友想不起來那段記憶。記憶其實還保留在腦袋裡，但因爲沒辦法靠自己想起來，所以那些幼稚的小學生都會如她所願地受騙。不過，上了國中、高中後，就不可能再被這種詐騙行爲欺騙了。」

「是這樣……嗎？」

聽到雪成如此斷定的口吻，里華不禁也有點認同他的說法。魔法師所預測的未來，也是騙人的嗎？如果是騙人的，那就好了。這樣里華就不會因爲隱瞞雪成關於那人撞傷初婆婆逃逸的事實，而受到良心的譴責。

「妳不是反對魔法師用金錢換取回憶嗎？而我是對魔法師的能力本身感到懷疑。所以，我們算是意見一致。」

「是啊……」

「不過，我並不打算舉發或檢舉魔法師的詐騙行爲。老實說，我根本一點也不在乎。如果因爲這麼做而遭到擁護她的那些小學生怨恨，實際上也沒有什麼好處。」

「嗯……」

雪成的便當已吃個精光。蓋上蓋子把便當盒放在自己身旁後，雪成今天第一次與里華視線相交。

「總之……」

「嗯？」

「以後妳有空就多跑跑醫院。」

「咦？」

「我想，初婆婆應該對妳有好感。」

「真的嗎？」

「有好感的人去探望她，說不定失智症比較不會惡化吧。」

「嗯！」

里華總算可以鏗鏘有力地回答。對啊，魔法師本來就沒有介入兩人之間。所以兩人在相處時，只要當作魔法師「根本不存在」，就一定能夠順利地交往下去。

「欸，雪成。」

「咦？」
「我好想跟你上同一所高中喔。」
「我們倆都考得上吧，清川高中。」
「應該考得上喔？」
「嗯。」
「如果考上了，我好想去金原車站附近剛開幕的那家影城看電影喔。」
「那裡也有大型的電子遊樂場。」
「什麼？要在電子遊樂場約會？」
里華刻意語帶不滿地說道，雪成帶著輕輕笑意說：
「我去買喝的。妳要喝什麼？茶嗎？」
「可可。」
「不適合配飯吧？」
里華輕笑一聲說：
「沒關係。」
「喔。」
雪成越過地板走出體育館。

以後一定能夠順利地交往下去。一定能夠持續下去。未來兩人相處如果有不協調的地方，只要能夠細心且有耐性地排除問題，就能夠持續下去。

現在和麻美她們都絕交了，如果連雪成也離去，眞的會變成孤單一人。里華把雪成的便當盒拉近自己一些。

4

走下石階後，里華停下腳步。她看見繡球花在山崖下綻放。這裡的繡球花和其他地方不一樣，花瓣呈現圓滾滾的心形。這是因爲之前里華曾經告訴過魔法師，女生都喜歡「愛心」和「星星」的形狀。

魔法師並沒有禁止客人摘下花瓣帶回家，只不過不知道是因爲時間過得太久，還是魔法已解除，回到家從口袋拿出來時，只會看見枯萎的褐色花瓣殘骸。所以，父母絕對不會有機會看見心形花瓣。

不過，里華今天不是來這裡賞花的。她敲敲門後，沒有等待回應便直接打開大門。不知不覺中，里華來這裡的態度就像去親近的朋友家一樣。算一算，

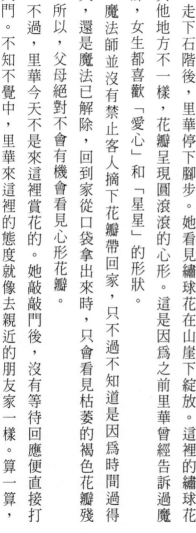

從第一次拜訪當鋪到現在，已經過了一年半以上的時間。魔法師在裡面時，里華也會擅自拿起餅乾來吃。可見里華和魔法師混得有多熟。不過，上了高中後這三個月忙東忙西的，變成只能兩星期來一次，在週末露個臉而已。

魔法師從裡面的門走出來，手上抱著盆栽。

「我剛剛把這盆栽拿到外頭晒太陽。」

盆栽裡長出很像紫斑風鈴草的花朵，膨大的花朵朝著下方。不過，有別於其他的紫斑風鈴草，盆栽裡的花朵每隔一小時花瓣就會伸縮一次，像在嘆息似的吐出空氣。這時，甜甜的輕柔香氣就會在屋內蔓延開來。那清爽的香甜氣味與其說像花香，更像剛烤好的檸檬司康。

「我第一次看見妳穿這樣。」

好學的魔法師因爲聽里華說過女生喜歡聽人家誇獎其穿著，所以最近在實踐這件事。

里華今天穿著亮麗的橘色束腰外衣，搭配深藍色毛線褲。束腰外衣的重點在於領口車邊有三色刺繡做點綴。里華腳上穿著淺口包鞋。

「上了高中後，要打扮很麻煩。」

「是喔？」

魔法師一邊猶豫著要把盆栽放在哪裡，一邊附和。

「國中的時候根本不在意流行什麼的，但上了高中後，大家都很愛打扮，所以爲了跟她們一樣，都快累死我了。雖然也是有制服，但放假時如果跟雪成上街約會，然後不小心被班上同學看見我打扮得很奇怪，雪成一定會覺得很丟臉吧？」

「是喔。」

「可是啊，我媽媽卻說什麼『妳上了國中後就沒有再長高，去年的衣服還穿得下吧。』眞是不懂少女的心啊！」

魔法師輕笑一聲說：

「如果是遙斗，一定會馬上當掉這個回憶，妳卻不會這麼做。」

儘管如此頻繁地造訪當鋪，里華到現在還是沒有典當過回憶。

「老實說，我很需要錢。不過，沒關係，反正到了暑假我就會開始打工。」

「打工？」

「金原市的影城，也就是電影院。工讀生要檢查入場者的電影票、借毛毯給客人、看有沒有人偷帶不是店內賣的飲料進來，或是看到有人拿攝影機偷拍電影，就把他抓起來。」

「要負責很多事情呢。」

「我會和雪成一起打工，所以沒問題的。」

里華邀雪成一起打工時，雪成瞬間露出嫌麻煩的表情，但里華刻意沒有提起這件事。

這件事並不重要，今天會來當鋪好像是要告訴魔法師什麼事情……想起來了！里華拍了一下手。松鼠原本用尾巴在清掃窗簾軌道的上方位置，嚇了一跳地看向里華。

魔法師總算決定好盆栽位置後，在老位置的搖椅上坐了下來。

確認魔法師坐下後，里華切入話題說：

「我們學校發生很嚴重的事情。」

「犯罪事件？」

「沒錯。可能已經有人跟妳提過了吧。在三年級的教室裡，一個叫作海藤的學生在上課中用小刀刺傷坐在他前面的片瀨。這兩個人都是男生。」

「哇啊。」

看見魔法師的表情像是第一次聽到這件事，里華好心情地繼續話題。雖然上高中後里華沒有再參加校刊社，但描述別人不知道的新聞時，到了現在還是會情緒高漲。

「這個海藤啊，他因爲覺得升學考試太無聊了，想做點什麼有趣的事情，所以上課上到一半就突然起了個念頭，心想『對了！找個人來刺一刺或許會很有趣。』」

「被刺傷的孩子呢？」

「聽說沒有生命危險。所以我才放心地說這件事。不過，實在令人難以置信。放學後我去他們教室看了一下，發現教室裡仍然血跡斑斑，地板就像一面日本國旗一樣，中間有一大塊紅色圓圈。人流了那麼多血，竟然沒死。」

里華先停頓下來。她想起今天不光是爲了報告這個事件而來。

「魔法師，妳之前不是說過嗎？」

「說過什麼？」

「妳說妳判斷各種事情的基準只有『有趣』或『無聊』。」

「是啊。」

「可是，我覺得不應該是這樣子的。」

「是嗎？」

「那個人爲了追求有趣的事情而刺傷朋友。我相信世上一定有很多會若無其事虐待小孩的爸媽，或霸凌同學的人。因爲很有趣，才會去做；我覺得這樣是不對的。妳不是人類，或許沒有什麼關係，但我還是覺得這樣不好。」

魔法師用手指把弄著銀色波浪鬈髮。把弄完頭髮後，魔法師抬頭仰望天花板，陷入沉思。

咦？魔法師是不是受到過大的打擊了？里華思考接下來要說什麼時，魔法師忽然直直看向她。翡翠色的眼珠慢慢轉爲藍色，讓里華有種彷彿被拉進深邃沼澤似的錯覺。

「妳的基準是喜歡或討厭，對吧？」

不過，也不能斷言就只有這兩種基準；雖然里華心裡這麼想，但因爲難以啓口而點點頭。魔法師繼續說：

「應該還有一個吧？」

「咦？」

「比起『喜歡』或『討厭』，其實有一個更大的基準。」

「妳是指什麼？」

「那就是，漠不關心。」

「咦……？」

「不喜歡，也不討厭。無所謂。完全不會注意到。雖然妳剛剛像在說別人家的事情一樣描述其他年級的傷害事件，但妳們班上也有發生這種事情，而妳卻漠不關心。」

「什麼！」

這點沒有反駁怎麼行？里華高舉雙手擺出打叉手勢。

「不可能的。我們一年二班都很正常，也沒有會刺傷別人的危險人物。雖然在提到霸凌問題時，大家經常會用漠不關心的字眼，但我們班上應該沒有霸凌事件。」

「妳確定？」

「都上了高中，沒有人會再霸凌了啦。我們學校是這個學區裡的第一升學高中，我和雪成爲了升學考試都做了相當大的努力。其他同學也一樣，都是自己渴望要進來，也很高興進得來這所學校。我們學校不是那種會有霸凌事件的學校。」

「妳錯了。」

魔法師的語調很柔和，但斬釘截鐵地下了斷言。

「妳們學校有霸凌事件。事實上就有學生每天傍晚都會來到我這兒。」

「誰？」

「是誰我不能明講。妳想要知道是妳的自由，但我不能隨隨便便就說出來吧？」

「可是，妳說傍晚，現在也是傍晚啊。我怎麼沒有在這裡遇過？」

「妳都是假日才來的啊。那孩子是星期一到星期五會來。」

「好，我不問是誰，但妳可以告訴我那位同學傍晚來這裡做什麼吧？」

「來典當回憶。典當那天被人霸凌的回憶。」

「咦……」

「妳剛剛說妳是清川高中一年二班的學生，對吧？那孩子跟妳同班。」

「男生嗎？如果是男生，我可能不知道他們的所有人際關係……」

里華有些失去自信地問道。魔法師搖搖頭說：

「女生。」

「可是，我們班只有十七個女同學耶。」

魔法師沒有再多說話。

「不會吧……」

里華的腦海中依序浮現其他十六位女同學的臉。到了第十五位後，就是想不出最後一位女同學的長相。

＊　＊　＊

隔週星期一。下午的體育課是上排球課。因爲男生是在戶外上田徑課，所以里華從體育館窗戶看著操場上的狀況。

「妳在看雪成同學啊？」

靜香輕輕拍了一下里華的背。雖然被說中了，但如果和男朋友太如膠似漆會被女生討厭，所以里華刻意嘆了口氣說：

「不是，我才不會一直追著他看呢，我們已經進入倦怠期了。」

「倦怠期！」

靜香聽了後，笑得在地上打滾。

因爲人數太少，所以女生是兩班合在一起上課。今天是採取一班和二班比賽的上課形式，所以里華等人聚集在體育館最裡面的球場。

「首先要有六個先發球員，妳們自己決定成員！」

老師的聲音響遍體育館。二班的女生當中沒有排球社社員。在這種狀況下，大家都有一種默契，就是里華等人所組成的「委員小組」四人組一定會被選中。畢竟四人組個個都是班上的活潑女生，當中有兩人是學年委員，里華是圖書委員，另一位靜香是清潔委員。「委員小組」的三個人可以先不考慮放進被霸凌者名單裡。里華在腦海裡拿出名單，然後畫上三條橫線。

還剩下十三人。十三人分別是花枝招展幫四人、電腦幫兩人、宅女幫兩人、自由美女幫一人、樸素幫四人。

花枝招展幫是一群很在意髮型和指甲的女生，所以極力避免流汗。在這種狀況下，她們身上一定會散發出「不准選我」的光圈。這群女生或許有可能霸凌別人，但應該可以判定爲絕對不會被人霸凌的族群。思考過後，里華再次畫上四條橫線。還剩下九人。

有一個人明明擁有夠資格加入花枝招展幫的容貌，卻喜歡獨自一人行動。她叫作白土芽依。里華稱她爲「自由美女」。總之，她是一個行動很自由的女生。白土芽依經常遲到，上課時也會偷偷使用手機，有時候第三節課還在教室裡，第四節卻不見人影。她是一個再怎樣也不可能和人相約去廁所的獨行俠。事實上，此刻也沒看見她的蹤影。里華覺得她的個性太超然，不適合被放進霸凌這種世俗的框框裡。不論是加害者或被害者，都不適合。再畫一條橫線。還剩下八人。

就在里華想東想西之際，大家已選出先發球員。四人組加上從樸素幫當中挑出來的兩個女生。

對了，那個女生……

里華注視著兩個女生當中的一人。她就是之前里華試圖想出十六人的名字，卻怎麼也想不出來的最後一人。因爲剛好聽到有人叫她，里華才知道她叫未穗，不然到現在里華還是想不出她姓什麼。

比賽開始了。

「未穗，沒事、沒事。」

大家不知道這樣向未穗說了多少遍。未穗一直試圖避開球，那程度誇張到讓人覺得她可能誤以爲在玩躲避球。不對，應該是她自覺已伸出手，但就是碰不到球。就算碰到球，球也會飛到不該飛去的地方。未穗摸著手腕，被打得紅通通的手腕看起來好像很痛。

「不好意思……」

未穗一副不覺得不好意思的模樣說道，或許有的人對這樣的態度會感到憤怒也說不定。老實說，里華就覺得有些不耐煩。如果未穗能夠至少發個球，或許就有機會贏球。

不過，其他成員似乎對輸贏不感興趣，甚至還因爲受到未穗影響而失誤，班上的氣氛感覺不出有任何敵意。

雖然不敢下定論，但根據刪除法的結果，里華決定選擇未穗。

週末，里華告訴魔法師她的猜測。

「不是喔。」

魔法師很乾脆地就否定了未穗的可疑性。

「妳說的未穗從來沒有來過這裡。」

「什麼！」

里華在腦袋裡重播起前幾天的比賽。宅女幫女生因爲聊著里華從未聽過的卡通主題曲聊得太開心而被老師責備；樸素幫女生認眞觀看比賽，時而小小聲地說：「加油！」這些人當中都沒有可疑的人物。

「眞的是我們班的嗎？」

會不會出乎意料地是魔法師記錯了？里華開始想像著。

「啊，我記錯了。那孩子是一班的。」要是魔法師一派輕鬆地這麼做更正，那我不就像個白痴一樣？

或許是識破了里華的心聲，魔法師開口說：

「要不要我告訴妳名字？」

「上次妳不是說不能洩漏個人情報或有其他什麼問題嗎？對我來說，我當然想知道啊。」

「就店家的信用而言，不要說出這種事情確實比較好。不過，不知道怎麼搞的，我就是會想告訴妳。」

聽到魔法師這麼說，里華全身抖了一下。也就是說，如果知情了，就再也回不去，不能裝傻說：「我不知道有霸凌事件。」

然而，好奇心勝過了害怕。

「那就告訴我吧。」

魔法師說出里華一開始就認定「不可能」，而從名單排除的名字。

* * *

「對不起——我遲到了。」

白土芽依輕輕推開後門走進教室來。里華一百二十度扭轉脖子直直盯著她看。芽依輕鬆閃過里華的視線後，在座位上坐下來。

「我說白土啊，五十分鐘的課堂妳過了四十分鐘才進來，這種不叫作『遲到』，應該叫作『曠課』。」

教日本史的菊谷老師一邊嘮叨說道，一邊在出席簿上打勾。

「對不起——」

芽依再次一派輕鬆地回了老師一句。她的從容態度彷彿在說：「我無所謂啊，要記出席或缺席都可以。」

里華保持轉頭的姿勢盯著芽依看。里華第一次這麼認眞地觀察芽依。一直以來因爲芽依不屬於里華生活圈內的人，所以對她只有「算是個美女」的大概印象。重新細看芽依的長相後，里華發現不能用如此簡單的字眼來形容她。

芽依長度及腰的直髮光澤亮麗，就像洗髮精廣告裡會出現的長髮，但她本人似乎完全不以爲意，有時還會用橡皮筋隨意綁起來。芽依的高挺鼻子和白皙肌膚，會讓人覺得她的爺爺或奶奶可能是來自歐美國家。她那雙眼尾稍稍下垂的大眼睛，還有長長的睫毛保護著。

里華持續看了三十秒鐘後，終究和芽依對上視線，於是里華急忙挪開目光。里華本以爲芽依和花枝招展幫的女生屬於同等級的美女，但現在發現等級不同。芽依搞不好是一年級女生當中的第一美女。

「欸，雪成，我有事情想問你。」

下課時間里華拉著雪成的襯衫袖子走到走廊上，雪成就像得了顏面神經失調一樣，一邊的眼皮下方不停顫動著。每次里華做出女朋友的舉動時，雪成總會有這樣的反應。不過，里華此刻沒空顧慮那麼多。

「要問什麼？速戰速決。」

里華也假裝沒發現雪成的冷漠態度，低聲說：

「我問你，雖然不能說出消息來源，但我聽說白土芽依私底下其實受到霸凌，你覺得有可能嗎？看不出來有這種跡象，對吧？」

雪成露出驚訝的表情。

「應該有被霸凌吧。」

啊？里華以爲自己聽錯，再次確認說：

「我是說白土芽依耶。」

這回換雪成皺起了眉頭。

「拜託——我剛剛就跟妳說了啊。她明顯受到霸凌。」

「被我們班上的同學嗎？是誰？」

「不是我們班的。她被其他班的女生差不多四個人包圍過。」

「在、在哪裡？」

「放學後。車站後面不是有一家便利商店嗎？在那附近。還有哪裡啊……我在河口附近有橋的那個廣場也看過。」

「可是，不一定是霸凌吧？搞不好只是朋友之間起了小爭執……」

「除了我之外，應該還有其他男生也都看過吧？妳想想看喔，她上課時候會玩手機，或是上到一半就失蹤，也是因爲有人叫她，所以拒絕不了吧。我猜的啦。」

「怎……怎麼可能……？」

芽依不是活得自由自在嗎？因爲突然很想呼吸外面的空氣，所以照著自己的想法離開教室；芽依不是這樣的人嗎？

不對，追究這個問題之前，有個更重要的問題要向眼前的人確定。

「所以，你很確定她被人霸凌？」

「是沒有到很確定，但應該是啦。」

「明明這樣，你卻沒有告訴任何人？」

「妳是要我去跟誰說？」

聽到雪成回答的語調，里華感覺到一股寒意，那寒意足以把即將到來的夏天逼回去。里華上一次聽到雪成這樣的語調，應該是在爲初婆婆守夜的那一天。今年三月，初婆婆就像努力等到雪成考上高中一樣，悄然離開了人世。守夜那天晚上，里華表示鼓舞地說：「如果有什麼我能幫得上忙的地方，要告訴我喔。」結果雪成冷漠地回答：「妳暫時都不要跟我說話最好。」

雪成帶著和那時候一樣的冷漠，繼續說：

「男生不會去插手女生之間的爭執。這是一種大家默認的規則。國中的時候就這樣了，更何況上了高中。」

「可是……」

「妳的意思是，我應該去救那傢伙囉？我是有女朋友的人耶！我如果救了其他女生，班上不會囉囉嗦嗦說一些奇怪的謠言嗎？如果變成那樣的狀況，妳應該會來找碴說：『你是不是比較喜歡白土同學？』不是嗎？」

「這——」

「被霸凌的人應該也有問題吧。那麼漂亮的女生會被人欺負，就知道她的個性有多差。不過，我不曾和她說過話，所以不確定就是了。」

里華不知道應該怎麼回答，但心想還是要開口說些什麼才行。這時，下一節的上課鐘聲響了。

「不是我愛說妳，突然把我叫出來，竟然是要訓話。」

里華覺得這時道歉似乎不大對，只好保持沉默。

「以後不管是下課時間還是午休，我們都不要膩在一起好了。」

「咦？」

「我們倆從四月就一直被大家當成一對，午休也都混在一起。這樣我和男同學之間的往來就比別人慢了一步。」

「可是，我們不是說好上了高中以後也要在一起嗎？所以我才沒有參加社團啊。」

「妳去參加不就好了。反正麻美她們都上不同高中了啊。」

「這些話你怎麼不在三個月前說？現在才要參加社團很尷尬耶。」

「誰管妳那麼多。」

「如果不要在一起比較好，其實我們根本不用上同一所高中，不是嗎？」

里華還在等待回答，雪成卻早早回到座位去了。

＊　＊　＊

放學後，雪成沒說一聲「我先走了」就回去了。就算是雪成主動道別，想必里華也會臭臉不理。里華一直告訴自己不能讓目光追隨著雪成移動，否則就輸了。

比起雪成，今天更應該注意芽依；這句話不停在里華的腦海裡響起。芽依動作迅速地斜揹起黑色尼龍材質的時尚包包，然後走出教室。短裙下襬掀起，大腿的白皙肌膚若隱若現。里華也起身追出去。

「掰掰……」

靜香的聲音傳來，里華回過頭露出笑容揮揮手。就算靜香不是眞的那麼契合的朋友，還是應該珍惜一同生活的團體成員。

芽依邊走邊拿出手機講話，接著漸漸變成快步走路。如果以相同速度尾隨在後會太明顯，所以里華時而快走，時而步行，讓自己與芽依之間保持著一些距離。

在拖鞋櫃前換好鞋子後，里華以爲芽依會走出校門，沒想到她在校門前右轉，往農田方向走去。芽依該不會是要去「倉庫後面」吧？對里華來說，「倉庫後面」是最初參觀校園時才會去的地方。校園裡的農田提供給園藝社栽培植物，旁邊的倉庫是用來存放社團時間會使用的鋤頭或鐮刀等工具。

啊……

里華差點叫出聲音來，趕緊躲在距離十五公尺左右的大樹後方。

前方有四個女生。當中一個女生站成大字形，長相有些面熟。里華記得她好像是四班的學生。另外三人就不認識了。不過，她們都穿著一樣的制服，也綁著代表一年級生的深紅色緞帶。

芽依的表現看起來一點也不像被霸凌的樣子。

「對不起喔，我遲到了。」

芽依以輕快的口吻說道，然後用左手撥了一下頭髮。

「怎麼了嗎？大家怎麼都聚在這裡？」

「妳是笨蛋啊？老人痴呆了啊！」

站大字形的女生把手上的包包用力砸向倉庫牆壁。雖然她也是一頭黑色長髮，但遠遠看過去就知道頭髮毛燥，如果要和芽依比賽誰髮質比較好，相信很快就能分出勝負。

里華躲在樹後鑑定兩人的髮質，而一群女生完全沒有發現里華的存在，音調也愈來愈高亢。

「妳現在是在展現強勢是不是？妳是想強調不管我們說什麼，妳都不會動搖，是嗎？妳是想向誰強調啊？」

「抱歉，我不知道妳在說什麼？」

「又來了，這傢伙又在裝傻了。」
站大字形的女生提高音調說道，一旁的短髮女生對著她說：
「欸，杏奈。我知道她今天也會裝傻，所以準備了東西來。」
站大字形女生的名字叫作杏奈啊。里華從樹後觀察著。杏奈的輪廓、鼻子和嘴巴都長得很普通，眼睛往上吊而且眼皮浮腫，所以看起來一臉苦瓜樣。如果只看表情，會以爲是杏奈受到霸凌。
聽著對話時，里華得知準備東西來的女生叫作沙良。
這個叫作沙良的女生從小包包裡拿出一捆紙捲。
「那是什麼？」
沙良掀開紙捲後，杏奈探出頭看。
「哈哈哈！這太棒了。沙良，妳唸出來給她聽吧。」
杏奈大笑說道。聽到誇獎後，沙良的臉頰微微泛紅起來。看著這兩人的互動，芽依一副彷彿在說「這些人到底在幹什麼？」似的模樣偏著頭。風發出喇喇聲響吹過，樹枝隨之如波浪般搖曳。瓢蟲在樹幹上快步走著。如果請魔法師把瓢蟲背上的斑點全部換成心形，一定很有趣吧；里華腦中浮現這個想法時，沙良開始朗讀起文章：

「罪狀。白土芽依小姐。」

「小姐?她哪值得用小姐來稱呼!」

不知哪個人插嘴說道。芽依原本把重心只放在一隻腳上，看似沉重地揹著包包，里華發現她突然站直身子。

沙良繼續說：

「妳犯了下列三條罪行。

第一條，妳在港口補習班向老師打小報告，陷害無辜的同伴被捲入作弊的風波。

第二條，妳在港口補習班搶走蒲谷京香的男朋友，讓京香傷心難過。

第三條，妳隱瞞第一、二條的事實，一副什麼事情都沒發生過的模樣試圖厚臉皮地度過高中生活。」

沙良暫時停頓下來，於是里華看向芽依。芽依背對著這方，所以看不見她的表情。不過，至少看得出她身體變得僵硬，動也沒動一下。

「根據以上三條罪行，判妳必須向在港口補習班補習過的學生贖罪。」

「罪狀寫得相當簡潔有力。」

杏奈發出咯咯的笑聲說道。相對地，一直在旁邊聆聽的小個子女生嘟起嘴巴說：

「怎麼這樣！只有我的名字被寫出來。」

小個子女生似乎就是京香本人。

「那就改寫成A或B好了。補習班名稱也可以改成M。要是被老師看見這樣的內容，肯定會囉囉嗦嗦地說是霸凌，我看還是匿名好了。」

看見四人唧唧喳喳地說個不停，芽依忽然轉過身子面向里華這邊走了出去。芽依的腳步輕快，一副無所畏懼的模樣。不過，里華發現她緊抿雙唇，忘了眨眼的眼睛瞪大得甚至讓人有些害怕。

「笨蛋！我們正在朗讀罪狀，妳想去哪裡？」

說罷，杏奈身體笨重地大步走近芽依，然後輕鬆抓住芽依的手臂用力拉近自己。

「好痛。」

「妳還好意思喊痛啊！」

杏奈用力一揮，芽依整個人撞上倉庫牆壁。採用組合屋構造的簡易倉庫發出「砰！」的一聲巨響。杏奈露出吃驚的表情環視四周，擔心著會不會被人發現。發現沒有任何動靜而心安後，杏奈把自己的臉逼近芽依的臉，逼近到只差十公分的距離。

如果再有暴力行爲出現，我一定會立刻跑去教職員辦公室；里華暗自許下誓言。不過，她內心祈禱著不要發生這樣的事情。不難想像，下次會變成里華以「密告者」的罪行遭受相同待遇。雪成的臉在里華腦海中浮現了幾秒鐘。雖然剛剛責怪了雪成，但里華發現自己也是一樣的行爲。

沙良等人團團圍住杏奈和芽依。杏奈一邊揪住芽依胸口的緞帶，一邊用著低沉卻很響亮的聲音說：

「或許妳已經忘得一乾二淨了，但罪行是不會消失的。不管是京香受到的傷害，還是我被誣賴作弊而受到的打擊，都永遠不會消失。妳背叛了同伴，都做出這種事情了，妳還打算自己考上清川高中，然後假裝不知情地跟我們說掰掰啊？妳想得美！就算我們所有人都沒有考上清川高中，也會在學校前面貼傳單！」

芽依的側臉看起來就像喝光牛奶的玻璃牛奶瓶一樣，是介於透明和白色之間的顏色。

杏奈像是陶醉於自己的話語當中，語調變得愈來愈激昂。

「我們會把這張罪狀貼在妳們班的公布欄。雖然妳在一年二班好像沒有露出眞面目，但罪狀一貼出來，妳就會立刻變成討厭鬼。沒有人會想跟妳說話。如果妳不想受到這樣的遭遇，就給我清醒過來，認清要向我們贖罪的事實！」

「妳要我怎麼做？」

聽到芽依冷冰冰的語調，杏奈等人變得情緒激動。

「妳給我說一遍！『請問我要怎麼做才好？』」

「請問我要……怎麼做才好？」

「我昨天不是也說過了！我們要精神賠償金！」

「要多少？」

「今天就先一個人一萬總共四萬。我昨天有叫妳帶來，對吧？」

「有嗎……？」

「妳再裝傻下去也沒用！」

說出恐嚇的話語後，杏奈露出不懷好意的笑容繼續說：

「我去打聽過了。就是妳每個星期天都會去打工的那家咖啡店。聽說妳們每個月的一號和十五號是發薪日啊。」

「就今天嘛。發薪日呢。」

京香笑瞇瞇地說道。

「我又不會……把錢帶來學校。」

「那就去領錢啊。」

「我沒有提款卡。」

「妳先回家一趟，去拿過來不就好了？」

芽依低下了頭。

「欸，小芽依，我們一起回家吧。」

「真開心，可以大家一起放學回家。」

「好像小學的時候喔。集體放學呢。」

杏奈再次抓住芽依的手臂走了出去。芽依以十公分左右的步伐慢吞吞地前進，杏奈再次用力抓了一下芽依。

「這樣好嗎？如果這樣走到校門口去，大家都會知道我們跟妳起爭執喔。到時候傷腦筋的人會是妳自己吧？」

芽依忽然放鬆身體的力量，以正常的步伐走了出去。

「我來幫小芽依拿包包……」

話一說完，京香立刻搶走包包。

「這不叫人質，叫扣押品。」

芽依停下腳步一秒鐘，才又再次走了出去。里華覺得芽依似乎看見她躲在大樹後面，迅速縮起身子躲到樹幹更後面去。

＊　＊　＊

聽到里華低聲嘀咕，魔法師點了點頭。魔法師坐在搖椅上，撫摸著膝蓋上的海鷗。

「眞的是白土芽依耶……」

里華注視著海鷗，遲遲說不出接下來的話語。哪有鳥會擺出這樣的姿勢啊？海鷗攤開肚子和帶有蹼的腳，以仰臥的姿勢在睡覺。魔法師一直用右手輕輕撫摸著海鷗的肚子。海鷗一副很舒服的模樣閉著眼睛。我們家養的那隻貓「咪可」有時候也會翻過來要人家摸牠肚子，沒想到鳥也會這樣。

「我在想啊，我應該要採取些什麼行動才行。」

「嗯。」

「可是，我和白土芽依幾乎沒說過話。甚至連要叫她白土同學，還是直呼芽依就好，都讓我猶豫不決。」

「叫芽依就好了吧？」

不是啊，現在的重點不是這個！里華忍不住想要這樣吐槽回去，但又怕萬一魔法師回答「爲什麼？」會讓話題愈偏愈遠，所以先停頓下來。畢竟里華不是來請魔法師幫忙決定怎麼稱呼芽依。里華想強調的是，她想要知道更多白土芽依的情報。

「自由美女」的形象破滅，使得里華完全不知道眞正的芽依是什麼樣的人。爲了了解眞正的她——

「今天白土芽依會來吧？」

「百分之百會來。」

「那我可以在後面的房間聽妳們說話嗎？」

魔法師停下撫摸海鷗的手，直直盯著里華看。里華急忙繼續說：

「我不是因爲好奇還是什麼的。我只是想要聽她會說什麼話、會來典當什麼回憶。如果沒有好好掌握這些內容，我也沒辦法好好思考接下來要怎麼消除霸凌，不是嗎？」

「妳打算消除霸凌啊？」

「我……總不能裝作什麼都不知情吧。可是，我今天親眼看到了狀況，那些霸凌者挺強的。所以，我們這邊也要好好擬定對策才行。」

「我知道了。」

「咦？」

「在一旁觀看妳會怎麼做，好像挺有趣的，就答應妳吧。那這樣，妳最好現在馬上躲起來。」

「咦？」

敲門聲傳來。里華嚇了一跳地走出走廊。走廊上有一排通往閣樓的細窄階梯，途中在平台轉彎後，階梯會繼續往上延伸。平台上拉了一條晒衣繩，上面晾著三條手帕。

感覺好奇怪喔，魔法師竟然會洗衣服。不能用魔法迅速烘乾嗎？里華一邊想著這些事情，一邊在階梯下方數來第三階的位置坐下來。這麼一來，就算萬一芽依探出頭望向走廊，也不會發現里華。不過，不會被發現的同時，里華自己也看不到對方。

「妳好……」

聽到極度虛弱的聲音傳來，里華站到樓梯第二階，從那裡悄悄探出頭看。看見芽依陷坐在沙發上，里華心想似乎不需要擔心被發現。芽依弓起背又低著頭，一頭長髮往下垂，看起來很像小學時讀過的日本傳統故事裡會出現的妖怪。自由美女的光芒蕩然無存。

松鼠發出滴滴答答的聲響在泡茶。

「這是可以讓人放鬆的花草茶。裡面還加了一些昨天鍬形蟲幫忙送來的蜂蜜。」

鍬形蟲？送蜂蜜？雖然有太多疑點讓里華忍不住想要反問，但芽依的反應只是點點頭而已。

時間安靜地流過。屋內安靜得甚至快聽見芽依輕輕啜飲花草茶的聲音。

「我每天來一定都在說同樣的事情。魔法師應該都聽膩了吧。」

芽依保持低著頭的姿勢總算開口說話。魔法師語調平淡地回答：

「這就是我的工作。」

這種時候應該更體貼地給對方支持，說一句「沒關係」比較好吧。里華有股想要衝進去的衝動。壓下這股衝動後，里華重新在階梯上坐下來。

「今天也要典當回憶嗎？」

魔法師問道。

「嗯。」

芽依以虛弱的聲音答道。

「放學後有人打手機叫我出去，所以我去了學校後面。那裡有小黃瓜和茄子的田地，一片綠油油的很漂亮。最初來參觀校園的時候，我就覺得那裡眞是個好地方。我還想過如果上美術課時老師說可以自由在校內寫生，就打算去那裡畫畫。可是，杏奈她們不是這樣的心情。她們的表情好凶好凶。她們從那裡把我帶到便利商店的提款機前面。我跟她們說沒帶提款卡，但不知道爲什麼，後來卻發現提款卡就在皮夾裡。我明明把回憶當掉了，身體某處卻還有記憶也說不定。身體某處可能還記得要帶著提款卡比較好。」

「有可能。」

「結果被她們領走了四萬元，比我打工賺的錢還要多。」

「喔。」

「不過，託魔法師的福，所以沒事。只要典當回憶，我的戶頭就會有很多錢。如果這樣就能解決，就無所謂了對不對？」

「是這樣嗎？」

「過去一定也是這樣吧？到了我打工的發薪日，她們就會來拿錢。也就是說，到下一次被拿錢還有半個月的時間，對吧？這樣我可以放心一點了。」

不對。不應該是這樣的。這樣根本沒有解決任何問題。里華稍微抬高臀部，並探出身子。

里華看見魔法師拿出檔案夾。

「那麼，今天的回憶就付妳兩千元吧。我是很想再多付給妳一些——」

「我明白。畢竟我每天說的幾乎都是一樣的回憶。其實根本可以不要再拿錢的。只要魔法師願意收下我的回憶就足夠了。沒辦法，如果每天都被欺負，還要背著這些回憶去上學，我會受不了的。因爲能夠像這樣把回憶放在這裡，我才有辦法精神奕奕地迎接早晨。」

「眞的嗎？」

忍不住開口說話後，里華摀住了嘴巴。不過，當然來不及挽回了。芽依露出驚愕的表情站了起來。她此刻的臉色搞不好比被杏奈等人包圍時更加慘白。

「是誰？」

里華只好現身了。

「我是永澤里華，跟妳同班。」

里華帶著「管他的」的心情，大步走進客廳。芽依五官端正的臉，皺起了眉頭。芽依沒有看向里華，反而面向魔法師說：

「太過分了，竟然有人在偷聽。」

畢竟事態嚴重，里華以爲魔法師會畏縮，沒料到魔法師一派輕鬆地回答：

「這是我的店，是我答應她的。因爲她說想聽內容。」

聽到魔法師回答得理直氣壯，芽依找不到話語可以反駁而低下頭。里華站到了芽依面前。一旦說出口就沒有退路了，只能和那個霸凌團體對決。里華強忍住湧上心頭的反胃感說：

「白土同學，請聽我說。」

「妳今天在場吧……」

「咦？」

「妳躲在樹背後偷看。我還以爲妳在恥笑我。」

「不是的。」

「那爲什麼要偷看？」

「我從來不知道妳遇到那種事情。還有，我很想幫妳忙。」

「怎麼幫？」

「我不知道，但我覺得妳不應該每天來這裡典當被霸凌的回憶。」

「爲什麼？」

芽依突然拉高了音調，並露出挑釁的眼神瞪著里華。

「妳怎麼可以說這種話？抱著前一天令人厭惡的回憶入睡，隔天早上要怎麼起床？要怎麼去上學？放學後一定會再發生同樣的事情。明明知道這樣，怎麼有辦法去上課？我已經決定好要度過愉快的高中生活。國中時的所有回憶我都保留著。包括在補習班因爲受不了同學作弊，所以告訴老師的回憶，還有在那之後同學說我是叛徒的回憶。還有，同學誤以爲我搶走她男朋友而怨恨我的回憶。事實上明明是那個男生自己跑來跟我告白的。我根本完全沒那個意思，所以拒絕了那個男生。」

「原來……是這樣啊？」

「是啊。可是，就算記得這些事情也沒用。因爲霸凌是一種情緒，不是在講道理。那些人一旦討厭對方，就會一路討厭下去。她們在享受一般生活裡感受不到的高漲情緒，也沒有要停手的意思。所以，知道我要報考清川高中之後，她們也改變志願，然後卯起來用功考上清川高中。那感覺就像不願意讓難得抓到手的獵物逃跑。我每天被抱著這種念頭的人欺負，妳認爲我受得了一直扛著這樣的回憶嗎？」

芽依忽然放鬆身體的力量，就像加熱過的棉花糖一樣，軟趴趴地倒坐在沙發上。

「可是，遺忘也會有不好的事情發生。」

說出口後，連里華自身都感到訝異，沒想到自己能夠保持語調沉穩。其實里華此刻的心境仍想要退縮。

魔法師依舊坐在搖椅上，時而注視芽依，時而注視里華。

「因爲妳忘了回憶，反而讓那些人更加煩躁。她們覺得妳在裝傻，所以愈來愈生氣。」

「如果她們不覺得我在裝傻，事態就會好轉嗎？」

「咦？」

「不會有什麼改變的……」

俯視著略低著頭的芽依，里華不禁有種自己才是霸凌者的感覺。

「先坐下吧。」

在魔法師的勸說下，里華找了張空凳子坐下來。

「我一直覺得白土同學過得很自由、很令人嚮往。」

「咦……」

芽依抬起了頭。

「妳不會和其他同學一起去上廁所，或是一起加入相同的社團，不會被侷限在這種模式裡，獨來獨往的很自由。」

「國中時候的我根本不是這樣。」

「眞的嗎？」

「有個人一起行動當然比較快樂。不然聽到老師說『兩個人一組』或『四個人一組』的時候總會心頭一驚，怕自己找不到同伴。」

「嗯……」

「其實現在就是這種狀況。所以，每次要上這種課的時候，我就會缺席。像是烹飪課或生物課的小組觀察時間。」

「爲什麼？我們班上應該有很多人想要和妳當朋友啊。像我就是啊。」

「一開始會相處得很融洽。我是指還只有女生們自己聊天或一起玩樂的時候。」

原本一直躺在魔法師膝蓋上的海鷗覺得無聊了，所以拍了拍翅膀飛到壁爐上。芽依一邊用視線追著海鷗，一邊平靜地繼續說：

「可是，一定會有男生來破壞。男生本身並沒有要來破壞的意思，他們只是來跟我告白，或要我跟他們交往……這麼一來，就會發生麻煩事。開始會有人說『小南從以前就很喜歡小剛，芽依妳太過分了吧』之類的話。我只不過是被告白，然後拒絕了對方而已。所以，我下定了決心。我決定上高中後不要跟任何人有交集，要當一個獨來獨往的女生。就算想交朋友，也不去交。只要這樣過日子，或許就能夠平順地度過高中三年，也不會發生討人厭的事情。以目前來說，這點還算進行得很順利。唯獨多了她們來攪局。」

「如果沒有解決掉『她們』的問題，就無法正式展開高中生活。」

「我已經藉由遺忘展開了。」

「可是，就算妳典當了回憶，所以想不出具體內容，但還是會記得自己典當過回憶，不是嗎？意思就是，每次見到那些人，妳就會想起自己經常到ㄏㄨㄟˊㄧˋ當鋪避難的事實。這不可能是什麼愉快的事情。」

「那妳告訴我該怎麼做才好？」

被芽依這麼一問，里華敘述起方才一邊聆聽對話，一邊思考的事情。

「我啊，我國中時曾經參加過校刊社。後來因爲發生不愉快的事情，所以退出了。不過，現在上了高中，我想要再次參加校刊社。我可以在校刊社把這個問題提出來。我不會指名道姓。不過，我會寫一篇報導，讓她們看了會嚇一跳地心想『是在寫我們嗎？』」

「我不希望妳刺激她們。」

「咦？」

「她們一定會把事情公開的，說出我在補習班被霸凌的事情。」

「可是，妳剛剛不是說過那些都不是妳的錯？」

「不是這個問題。當知道我是被霸凌者的瞬間，大家的目光就會不同。大家會開始想『雖然不是很了解狀況，但還是和她保持距離比較好』。」

海鷗突然飛起來，開始在天花板上盤旋。

「想回家了啊？」

說罷，魔法師打開了大門。海鷗每振翅一次，肌肉都會發出「啾啾啾」的聲音，隨著肌肉運動的聲音響起，海鷗往鯨島的方向飛去。

從門口走回來後，魔法師開口說：

「應該有更簡單的解決方法吧？」

「咦？」

里華和芽依同時看向魔法師。魔法師沒有再多說什麼。里華察覺到了魔法師的想法。沒錯，只要我能夠下定決心。

芽依看向窗外，慌張地說：

「我該回去了。天色都快暗了。」

然後，芽依拿起包包站起身子。

「欸，妳是永澤同學，對吧？」

「叫我里華就可以了。」

「呃……里華。妳什麼都不要說喔。」

「咦？」

「妳不用幫我多想什麼。萬一造成反效果，那我就頭痛了。」

芽依大步走去的背影，已回到自由美女的模樣。大門打開後，夕陽照了進來，芽依的長髮宛如一道巧克力瀑布般發出豔麗的光芒。

「等一下！」

里華叫住了芽依，同時發現映入眼角的魔法師似乎微微點了點頭。

「白土同學，等一下！」

「做什麼？」

芽依態度冷漠地回過頭。

「我可以也叫妳芽依嗎？」

「咦？」

「妳願意當我的朋友嗎？」

「爲什麼？」

「因爲我從以前就很崇拜妳。因爲我想再多跟妳說說話。」

「咦……」

「不過，我希望妳答應我一件事。」

「當朋友要有條件的啊？」

芽依臉上浮現帶有挖苦意味的微笑。里華不受影響地回答：

「沒錯。從明天開始，妳不要再典當回憶。不管是好的回憶或不好的回憶都一樣。」

「我很喜歡這個地方。」

「妳還是可以來啊。我自己也是啊。雖然我經常來找魔法師，但從來沒有典當過回憶。」

「咦？」

「雖然我沒有典當回憶，但魔法師說她不在意。所以，妳可以來這裡說給魔法師聽，但不要典當就好。而且……」

「而且？」

「我也可以聽妳說話。」

芽依看起來似乎微微顫抖著。

「這樣太突然了。」

「說的也是……」

「明天之前，我會好好考慮。」

「嗯。」

大門關上了。里華看向窗外。或許是意識到有人在看自己，芽依用包包擋住背部，驕傲地往山崖下的石階走去。此時，魔法師忽然用左手在空中揮動了一下。

「啊……」

里華不由地叫出聲音。石階旁綻放的繡球花脫離根莖，輕飄飄地飛舞起來。芽依驚訝地停下腳步，數不盡的心形花瓣圍繞著她。

* * *

電視裡的氣象播報員激動地大聲說：「雖然現在還只是六月，但預估今天將達到如夏天般的高溫！」

隔天早上，里華一邊時而用小毛巾擦拭額頭和臉頰，一邊往學校走去。準備踏進教室時，里華停下了腳步。芽依在教室裡。里華沒料到總是遲到的芽依已經來了。芽依的座位在中間列的前面第五排。對於坐在靠走廊第一排座位的里華來說，距離有些遠。芽依沒有在看書，也沒有在玩手機，只是坐在那裡托著下巴在發呆。

里華直接走到自己的座位。從包包裡拿出教科書放進抽屜後，有人輕輕拍了里華的肩膀兩下。里華回頭一看，發現芽依的身影。

「早安，里華。」

芽依面帶笑容說道，但有些不敢抬高視線。里華急忙開口說：

「芽依，第一節是什麼課啊？」

芽依咧嘴露出笑容說：

「數學課喔。」

芽依總算和里華對上了視線。里華發現芽依的眼底也帶著笑意。

「還記得昨天發生什麼事的感覺果然很好。」

里華點點頭。

好！開始擬定作戰計畫！

*　*　*

在學校和雪成聊天會被擺臭臉的狀況依舊沒有改變。不過，今天是週末，而且里華要陪雪成看他想看的足球比賽。所以，在搭了四十五分鐘的電車上，雪成一直保持著好心情，時而還會吹口哨。

金原市是這一帶地區的主要城市，也是以加入日本職業足球聯盟爲目標的金原ＦＣ的大本營。走出中央剪票口後，看見一年一班的相樂治也靠在牆上玩手機。治也和雪成同樣是足球隊隊員。三年級生參加完夏季比賽、功成身退後，他們兩人都被大家認定是一年級就有機會當上正式球員的隊員。不過，治也會露出「不管有沒有當上正式球員都無所謂」的表情，這點和雪成有點像。

「朝乃呢？」

里華尋找著治也的女朋友。上個月四個人曾經一起去看過電影。朝乃就讀的高中是女校，看電影那次是里華第一次和她見面。

「我們分手了。」

治也把手機對摺，發出輕脆的聲音。那聲音聽起來像是用剪刀剪斷了兩人的關係。

「是喔——誰提分手的？」

雪成問道，他似乎也是第一次聽到這個消息。

「我提的。就覺得變得有點麻煩。每次聽到她說我回訊息回得太慢，就整個人很沒力。」

「因爲你們不同校，都見不到面，朝乃才會覺得很寂寞吧？」

里華試著替朝乃說話，但治也似乎不希望別人替朝乃說話。

「聽說羽先前輩他們今天是先發球員。」

治也一邊和雪成說話，一邊很快地走了出去。

雖然里華和朝乃並沒有特別處得來，但兩個男生自己在聊天時，至少還有個說話對象。今天只有三個人啊……不過，這樣或許反而比較好吧。里華決定以正面態度來思考。因爲里華今天有事情想問治也。

「治也，你是上橋國中畢業的吧。」

到了球場後，趁著雪成去上廁所，里華和治也聊天說道。可能是手腳太長，所以閒著不知道該做什麼吧，治也在小賣店旁邊用雙手抱住柱子，一隻腳踩在柱子底下的消防栓盒子上，另一隻腳在半空中甩來甩去。

「是啊，怎樣？」

「我最近認識四班一個叫麻生杏奈的女生，你認識她嗎？她也是上橋國中畢業的吧？」

里華早就做過調查，她知道杏奈和她三個同伴都是上橋國中的畢業生。順道一提，芽依是另一所叫作木花國中的畢業生。她們只有在補習班當過同學。

「我認識啊，還很熟呢。我們從小學開始就是同學。」

呵呵；治也抿著嘴發出笑聲。里華原本就打算看治也的反應，再決定是否把杏奈視爲「好朋友」，來變換說法。看見治也的表情後，里華做出了決定。

「她是不是有點怪怪的？我們才第一次見面，她說話就咄咄逼人。她是不是個性很倔強？」

里華膽戰心驚地等待回答。事實上，里華還沒有直接和杏奈說過話。那天里華只是躲在大樹後面偷看而已。

「嗯——我懂。她就是那種類型的人。」

聽到治也的回答後，里華彷彿得到力量似的，豁出去地說：

「你有沒有什麼好哏可以讓我吐槽回去？不用什麼太誇張的哏。有沒有，像是小學五年級還在尿床啊，或是有什麼好笑的綽號啊，還是經常被老師罵啊之類的。就是當我被她吐槽時，可以很俏皮地吐槽回去那種程度的哏。」

「有了！」

治也露出不懷好意的笑容。

「她有一個綽號。有一陣子大家都叫那傢伙『小蜜』。」

「小蜜？因爲長得像蜜蜂？」

里華一邊回想杏奈那張不漂亮但不至於到醜陋的臉，一邊問道。

「不是。是因爲唇蜜。」

「唇蜜。」

「別說是我說的喔。那時候畢竟年紀小容易衝動。現在都是高中生了，還是不要把過去挖出來比較好。」

嘿嘿；治也輕笑兩聲後，鬆開柱子做出漂亮的落地動作。

＊　＊　＊

「欸，妳們把我叫來這裡，有什麼事嗎？」

芽依問道。杏奈等四人包圍住芽依，並慢慢逼近。

自從那天後芽依沒有再典當過回憶，所以她知道是怎麼回事。她知道在這裡會聽到什麼內容，也知道自己會有什麼遭遇。里華躲在他處觀察狀況，從她的角度也看得出來芽依微微顫抖著。

里華沿著杜鵑樹叢前進，繞到了倉庫後面。芽依也不知道里華在這裡。

芽依面帶警戒神情用兩隻手牢牢抱住包包。或許芽依是在無意識下想要保護胸部和腹部。

「妳還問我們有什麼事咧。少裝蒜了喔！」

杏奈直直瞪著芽依。

「妳再這樣繼續裝傻下去，我們就把罪狀貼在公布欄上！」

「罪狀……」

芽依低下了頭。

「妳不要因爲我們對妳太好就得寸進尺。妳之所以沒有被大家欺負，是因爲我們沒有把補習班發生的事情說出來。只要我們說出來，妳就完蛋了。再也不會有人要跟妳當朋友的。不過，妳好像本來就沒有朋友喔。」

沙良像是要討好杏奈似的發出咯咯的笑聲。

「有啊。我有朋友。」

芽依保持低著頭的姿勢嘀咕道。

「是誰？妳說說看啊！」

被這麼逼問後，芽依陷入了沉默。

「快說啊！」

就算被頂了一下肩膀，芽依還是沒有開口。芽依是在擔心如果說出里華的名字，里華會受到波及。她是在保護里華……在這瞬間，里華先確認過拿在右手的東西後，衝了出去。

「她的朋友，是我。」

「啊！」

芽依瞪大了眼睛，差不多有直徑兩公分那麼大。里華腦海中浮現這般奇怪想法的同時，站到杏奈的前方保護芽依。

哼哼；不知是誰用鼻子發出恥笑聲。里華露出凶狠的眼神一看，發現凶手是京香。

「妳是想當正義的使者啊？很抱歉，芽依不是正義的一方，不值得保護。」

「沒錯，如果妳以爲我們是爲了霸凌才來到這裡，那妳就錯了。我們都已經是高中生了，不會做那種事情的。我們只是在交涉，在要求精神賠償金而已。就算加害者全忘了，被害者也不可能忘記。」

沒必要再聽她們囉嗦下去。里華把拿在右手的細長紙袋遞給杏奈說：

「這個妳拿去。就當作精神賠償金。」

「什麼東西……？」

杏奈撕去膠帶，往紙袋裡看一看，偏著頭把手伸進紙袋中取出內容物。

杏奈沒有出聲，臉色明顯變得愈來愈白。

「唇蜜。剛好在特價，所以我幫妳買了很多支。聽說妳從以前就很喜歡唇蜜啊。喜歡到忘了付錢就想要帶回家的程度。」

「妳在說什麼啊……聽都聽不懂。」

「本來應該要叫警察的，但畢竟是當地的小孩，所以就從寬處理。可是，聽說妳在其他家店又犯了啊？小學六年級就喜歡收集唇蜜，難怪現在會化妝化得那麼濃。」

里華心想「最後一句可能說得太超過了」，而不禁想要把時間倒轉十秒鐘。治也提供的祕密比想像中帶來更大的效果，里華此刻的心情就像卡通裡的超級英雄。消滅敵人成功！

「我對人也是很好的。放心，我不會告訴別人。我們彼此都是高中生了，就好好享受新的生活吧。嗯？」

里華抓住芽依的手腕。

「不過，如果妳再繼續找芽依麻煩，下次我會要妳付這些唇蜜的錢。如果妳不給錢，我就在妳們班的公布欄張貼請款單。」

京香、沙良以及另一個不知道名字的女生都沒有詢問杏奈怎麼回事，而是一直瞪著里華。她們似乎知道小蜜的過去。

里華頭也不回地拉著芽依跑了出去。

「里華，那唇蜜是什麼？爲什麼她們突然都安靜下來了？」

「那是魔法棒。」

「妳也會魔法啊？」

「會一點囉。」

開始跑步後，汗水有些滲了出來。不過，兩人決定直接去鯨崎的山崖下。

里華和芽依就這樣沿路奔跑。

5

「從這裡看出去啊，會覺得大海的顏色不一樣。海風的味道好像也不一樣。感覺上好像遠處的海浪撞擊到礁石後，濺起的浪花會混在風裡迎面吹來。眞的是名副其實的海風。」

名副其實的海風把芽依的光滑秀髮吹得帶著些許溼氣，但她似乎毫不在意。里華在芽依身旁深深吸了一口氣。

「這個地方眞是太棒了，魔法師應該早一點蓋好的。」

魔法師大約在兩個月前蓋好這個可以從閣樓走出來的陽台。

在陽台上，北邊的鯨島以及無限延伸的大海一望無際。在不同的日子，

海上掀起的海浪會有截然不同的顏色和形狀。天空也一樣，有時會看見二十隻左右的海鷗在飛舞，有時則會看見不知從何處飛來的蝴蝶，拚命想要飛回陸地上，讓人怎麼也看不膩。

到了傍晚，西邊照射過來的陽光染紅天際，鯨島簡直就像一塊被加熱的鐵塊。似乎只要用工具敲一敲，就能夠自由變換鯨島的形狀。

「我們上了高二後就變得很忙，說不定魔法師是爲了讓我們更想來ㄏㄨㄟˋ當鋪，才會蓋這個陽台。」

芽依笑著說道。里華點點頭說：

「妳說的應該是事實。」

兩人從第一次在這裡交談到現在，已經過了一年又一個月。今天是放暑假的第一天。里華和芽依剛好都沒有其他行程，所以相約來玩。上次來這裡已經是三個禮拜前的事情。畢竟現在已經不能天天在這裡鬼混了。

「眞是錯誤的決定。明明只要擔任圖書委員就好，我還不小心答應要幫忙成立文藝社，才會搞得這麼忙。」

里華誇張地嘆了口氣。

「可是，多虧里華幫忙成立文藝社，我才有可能參加，然後跟妳在同一個社團。」

「嗯。」

文藝社的創始社員共有七人，其中也包括里華和芽依。

因爲參加同一個社團，放學回家時的話題也變多了，所以基本上很令人高興。唯獨一點，對於原本就喜歡在校刊社寫文章的里華來說，芽依的文章有些令人失望。芽依有著美麗的五官以及光滑秀髮，所以不免令人期望她的文章也一樣優美。但是，芽依的文章卻是在另一種層面上令人爲之驚豔。像是連接詞的用法很奇特，或是想傳達的意思愈偏愈遠……

不過，正因爲里華有一個地方勝過芽依，才能夠取得平衡。如果不是這樣，里華都快擔心自己是不是不夠資格當芽依的朋友——

里華和芽依開始交談後，不知不覺已經過了一年。在班上，大家到現在還會抱著「眞想不通這兩人怎麼會變成好朋友」的想法，覺得兩人是不可思議的奇妙搭檔。嚴格說起來，里華算是受女同學歡迎，但男同學覺得她是「愛碎碎念資優生」型的女生，而芽依則是被女同學評論爲「無法捉摸的奇妙女生」，但總會吸引男同學的目光。對於不知道事情經過的人來說，兩人確實是謎樣般的組合。

從來沒有其他女生試圖融入兩人之間。不對，一年級的時候靜香曾試圖這麼做，但每次靜香一加進來，芽依就會迅速離開。當時靜香似乎很不甘心，還把芽依比喻成動物，批評說：「她就像一隻會怕生的貓，只會親近里華。」

里華回過頭看。笨重的腳步聲從樓下傳了上來。

「阿姨們，魔法師說『茶泡好了喔』。」

「眞討厭，又是那個小男生。」

芽依差點發出咋舌聲，急忙對著里華吐了一下舌頭，那模樣就像在說「我剛剛太沒氣質了」。

遙斗動作輕快地從閣樓探出頭來。遙斗一身古銅色，暑假才剛開始就晒得一身黑，到了盛夏時眞不知道會不會晒成黑炭。不知道是沒有好好刷牙，還是本來就那顏色，遙斗連牙齒都像晒過太陽一般微微泛黃。

「你來叫我們，我們是很開心，但這裡沒有阿姨喔。」

里華瞪著遙斗說道，遙斗露出不懷好意的笑容說：

「那是我哥哥說的啊。他說女生一過了十五歲，就都是阿姨。」

「如果要這麼說，你過了十五歲後也會變成叔叔。」

「我現在只有十二歲！」

「你這個還在背小學書包的小鬼，很自大喔。」

芽依也瞪著遙斗。遙斗抬起下巴說：

「我升上小五後就沒有再背小學書包了。人家拿的是運動背包——」

可能是覺得自己差不多要被K了，遙斗迅速縮回頭跑下樓去。

里華和芽依互看一眼露出苦笑後，跟在遙斗後頭走下樓。

來到客廳後，看見魔法師在盤子上裝了五顏六色的爆米花。里華打工的電影院也有賣黃色或咖啡色等顏色的爆米花，但盤子上甚至有綠色、紫色和水藍色的爆米花。

「遙斗說老是吃餅乾吃膩了，所以我試著做了爆米花。」

紫色是葡萄口味。里華戰戰兢兢地抓起水藍色的爆米花。

「所以，遙斗，你今天當了什麼回憶？又是說媽媽壞話的回憶喔？」

聽到里華的詢問後，遙斗再次抬起下巴回答說：

「妳猜錯了。我今天是來典當說媽媽好話的回憶。」

「怎樣的回憶？」

「上次我要參加足球比賽的日期跟哥哥的比賽同一天，我以爲媽媽要送哥哥去比賽，所以根本不可能幫我做便當。之前也有過一次這樣的狀況，結果媽媽拿錢給我，叫我自己去便利商店買飯糰吃。」

「是喔。」

里華一邊附和，一邊再吃一口水藍色爆米花。這是什麼味道啊？汽水口味嗎？挺好吃的呢。

「不過，這次媽媽幫我做了便當。雖然我心裡明白那是因爲哥哥剛好要帶便當，所以順便替我準備。不過，那天的便當有我愛吃的肉丸子，儘管是冷凍食品。」

「管它是冷凍食品還是什麼，只要是媽媽做的便當都好啊。爲什麼要把這麼好的回憶當掉呢？」

芽依問道。遙斗嘆了口氣說：

「妳怎麼都不懂啊，阿姨。」

「我不是阿姨。」

「如果只典當不好的回憶，這樣對媽媽太不公平了吧？好的回憶也要很乾脆地把它忘掉。這是我遙斗派的正義。」

「很難懂耶——」

芽依倒坐在沙發椅背上說道。眞是的，不知道現在的小學生在想什麼。

里華詢問說：
「遙斗，你是二男吧？」
「什麼惡男？我才不是惡男。」
「不是啦。我不是說惡男。我是說你是排行第二的兒子，是二男對吧！」
看見里華爲了玩笑話變得這麼認眞，遙斗露出奸笑望著里華說：
「我是二男啊，怎樣了？」
「一般來說，老二不是都會和爸媽相處得很好嗎？老二都很會討好別人，知道怎樣才會受寵。遙斗，你是不是太不機伶了？」
「喔——我不喜歡這種把人套進固定公式裡的做法。不是每個老二都能夠和爸媽處得好。兩位阿姨不會討厭自己的爸媽嗎？」
聽到遙斗這麼詢問，里華回答說：
「我沒想過喜歡或討厭。」
「咦？」
「如果對象是沒有血緣關係的人，喜歡他就常待在他身邊，討厭他就閃遠一點就好。可是，如果是爸媽，不論怎麼做都不可能斬斷緣分。不管是待在身邊或在遠方，就算一輩子見不到面，也改變不了他們是爸媽的事實。既然這樣，不要老是去想喜歡或討厭的問題，不是比較快活嗎？」

遙斗好像感到很意外，他坐在那裡不停地眨眼睛。

很好！說贏了這個自大的小鬼。里華打算握拳頭擺出勝利姿勢的瞬間——

「我們補習班的老師曾經說過，人類就是因爲這樣停止思考，才會開始退化喔——」

遙斗發出「嘿嘿嘿」的笑聲。

有一隻灰色小貓趁亂混了進來，魔法師讓小貓躺在膝蓋上，靜靜地撫摸著牠的頸部。

里華思考著要如何讓眼前的少年閉嘴時，芽依先開口說：

「人類會退化，或許是從放棄自己的珍貴物品開始也說不定喔。」

「啊？」

遙斗看向芽依。

「過度捨棄回憶好嗎？」

「在這裡說這種事情，只會妨害魔法師做生意而已。妳還是早點回家比較好吧？」

遙斗吐了一下舌頭。然而——

「不用太在意我。我只是太閒才會開當鋪，並不是非得要有回憶不可。」

魔法師說道。

「哼，是喔。」

遙斗鬧起了彆扭。芽依繼續說：

「里華讓我明白了回憶有多重要。回憶不屬於其他任何人，只屬於自己。不可以把回憶讓給別人。遙斗，你也差不多該想一想這些事情了吧？」

發出「哼」的一聲後，遙斗展開反擊說：

「那捐血又要怎麼說？」

「捐血？」

「捐血是把自己的血給別人用，對吧？那是很了不起的行為，對吧？那這樣，把回憶讓給其他人也是很了不起……或許不是了不起的事情，但也不是壞事吧？再說，自己的東西本來就可以由自己任意處置吧。我不覺得兩位阿姨有理由找我碴。」

芽依不再針對「阿姨」反駁，而是平靜地回答說：

「血和回憶是不一樣的東西。」

「請妳說明哪裡不一樣啊——」

「你想一下相反的狀況會怎樣。像是動手術的時候，有時會因爲接受輸血——就是拿別人的血來用——而獲救。這時候別人的血會慢慢融入自己的血液裡。但是，如果把別人的回憶放進自己的腦袋裡，即使只是一個或兩個小小的回憶，也會變成不再是『自己』。」

「會嗎？如果魔法師也願意做這種生意，我會很高興耶。到時候我會把哥哥的腦漿整個移植到我的腦袋裡。如果眞的可以這樣，就不用考國中了。」

「考國中？」

里華瞪大眼睛問道。

「我是聽說過東京很競爭，但我們這裡沒什麼關係吧？」

「兩位阿姨，妳們眞的沒有跟上時代的腳步耶。明年東京的大學會在金原市設立附屬國高中，只要能夠考進去，除非成績差到不行，不然都可以直升大學耶。而且我們是第一屆，不會有學長姊，也不會有上下關係，所以很輕鬆。」

「也是啦，如果有學長姊，你可能會因爲太自大而被人盯上。」

「關妳屁事！」

「所以，遙斗，你自己想去上那所學校啊？」

「怎麼可能自己想去上！那是因爲哥哥當初爲了考上第一志願的高中，準備得很辛苦，所以媽媽才會想到要這麼做。她想讓我一開始就去上能夠直升大學的國中。」

「你一直說討厭媽媽，但還是會盡一切努力不辜負媽媽的期待嘛。好意外喔！你還是有值得稱讚的一面嘛，遙斗小朋友。」

里華說道。看見遙斗垮著臉沉默不語，里華和芽依互看一眼發出竊笑聲。面對被稱呼阿姨的攻擊，小小反擊成功！

里華這回改抓起綠色爆米花丟進嘴裡。里華以爲是哈密瓜口味，卻發現是酸溜溜的萊姆口味。

「啊，來了。」

芽依指向窗外說道。魔法師回答說：

「男生們嗎？」

小貓輕快地滑下魔法師的膝蓋，鑽進房間最裡面。

里華站起身子往窗邊走去，然後拉開蕾絲窗簾揮揮手。明明發現這方在揮手，男生們卻沒有回應。雪成和治也慢吞吞地走來，有時前一刻還對著大海做出踢足球的動作，有時下一秒鐘又突然一副意興闌珊的模樣，手插在口袋裡。

里華沒學乖地再次揮揮手。她知道男生們雖然沒有回應，但不代表他們不高興。

去年初夏時的回憶閃過里華的腦海。上高中後難得同班，雪成卻表現得極度冷漠，也討厭被同學們當成情侶看待。不過，自從隔壁班的治也加入，後來又有芽依加入後，里華幾人在旁人眼中就變成了四人組。變成四人組後，雪成突然就不排斥了，在學校時也會和里華共度午休時間。

再來只要治也和芽依能夠交往，就太好了。這麼一來，四個人一起出去玩時，就可以算是雙重約會。里華先看了看來到玄關附近的治也，再轉過頭看芽依，芽依正坐在沙發上看著里華。芽依和治也兩人之間的氣氛絕不算差。只是，芽依還是老樣子，對於里華以外的人，都會築起一道牆，讓治也無法接近她。不過，這一年來，感覺上這道牆似乎從水泥牆變成了木板牆。

「大家好——」

兩人走進來後，遙斗低下了頭。怪了，明明敢直呼我們阿姨，看到高年級男生就變得這麼安靜；里華露出不懷好意的笑容觀察遙斗的反應，結果芽依先大發慈悲地說：

「遙斗，你是第一次見到他們吧。這位是雪成，他和我們是同班同學，一樣是高二生。他是里華的男朋友。另外這位是治也。」

遙斗在沙發上僵住身子，低著頭不時抬高視線看向兩人。芽依繼續說：

「對了，遙斗，你是足球隊的吧？他們兩個也是足球隊的喔。」

聽到足球隊三個字，遙斗站起身子低頭行了一個禮。

「喲！」

雪成粗魯地回了一聲，並和遙斗短暫地目光交會後，抓起綠色爆米花丟進嘴裡。然後，在芽依旁邊坐了下來。

「哇啊，我以爲是哈密瓜，結果是萊姆啊！好酸啊！」

里華其實很希望雪成坐在她身邊。

「我也跟你一樣。」

在臉上浮現不滿的神情之前，里華「哈哈」笑了出來。

＊　＊　＊

上午十點到下午三點都關在補習班裡進行模擬考試。難得放暑假，竟然在考試，這樣好嗎？遙斗刻意不看補習班發下的解答，直接塞進包包裡。他有預感如果看了，肯定會發現很多題寫錯而感到懊惱。

遙斗沒有告訴母親三津子今天有考試，所以她以爲今天也是一般的暑期輔導課，必須上課上到傍晚六點。所以，離開補習班後，遙斗準備前往車站後面的速食店「威爾」。如果去車站前面的商店街，有可能和正在買東西的三津子撞個正著，但反方向就不用擔心了。而且，威爾也經常會有小學生去消費，就算小孩子獨自去那裡，也不會引人懷疑。

如果從車站的南北通道直直走過去會更快，但爲了謹慎起見，遙斗刻意繞遠路，從公車站經過綠園道繞到車站後面。遙斗的父親是鯨崎車站的站務員，雖然是坐辦公室的，理應會待在最裡面的房間，但偶爾還是有可能在車站內走來走去。

車站後面除了威爾之外，還有一家便利商店、一家文具店，以及一家最近剛開幕的咖啡店。這家咖啡店是一名三十五歲女性在東京的咖啡店當過學徒後，回到家鄉來開的店。店門口的小看板上寫著綠咖哩套餐、酪梨鮪魚蓋飯之類的料理名稱，都是過去不曾在鯨崎看見過的菜色。

遙斗一邊看著咖啡店的小看板，一邊心想「很快就會關門大吉了吧」。每次傍晚經過這裡，不曾看過店裡面有客人。還是小學生的遙斗，當然不可能知道晚上超過七點後，會有不少下班的男男女女來這裡光顧。

咖啡店和威爾只隔著兩間房子。遙斗打算從咖啡店前面走過去時，突然停下腳步。

那不是……有一對男女在咖啡店後門交談。女生穿著咖啡店的黑色圍裙，看起來應該是店員，她長得和經常在ㄏㄨㄟˊ ㄧˋ當鋪遇到的芽依有點像。不過，因爲她把頭髮盤了起來，所以看起來比較成熟。還有，男生是上次同樣在當鋪第一次見到的足球隊高中生——雪成。他被介紹是里華的男朋友……遙斗從電線桿後面悄悄探出身子。咖啡店後門在建築物右側的最後面，那裡種了好幾棵樹，所以兩人似乎完全不擔心會被人看見。

果然是芽依，遙斗相當確定。這時他看見芽依伸出手摸著咖啡店的門。那樣子看起來像是想要後退，但沒有空間。雪成往前走半步，舉高雙手按住門。芽依被夾在兩隻手臂之間佇立不動。

遙斗探出身子心想，準備接吻了嗎？

「爲什麼？」

芽依微弱的聲音傳來。

「爲什麼要瞞著里華說這種話，太過分了。」

「我只是誠實面對自己的心情而已。」

芽依不肯看向雪成，雪成嘆了口氣挪開手。芽依迅速握住門把試圖開門。

雪成把門推了回去。

「如果妳打算逃回店裡面，我也可以在廚房繼續說下去。就算店長在，我也不在乎。」

芽依無力地垂下雙手，並低下頭。

「雪成，你太奇怪了……」

「我哪裡奇怪？」

「我們四個人不是一直相處得很融洽嗎？雖然我以為只有里華這個朋友，但多虧你們加入了，我很高興能夠和你還有治也變成好朋友。」

「沒錯，這一年來我們總是四個人一起行動。」

「嗯。」

「妳知道這代表什麼意思嗎？」

「咦？」

「這代表我不想和里華單獨相處。」

「不可能……」

「在我心裡，我和里華早就結束了。」

「不要說這種話！里華太可憐了。」

「不過，我想里華應該也發現了吧。」

「發現什麼……？」

「發現我離她愈來愈遠。」

「太過分了。」

芽依一邊說話，一邊按住雙頰。

「我覺得有點頭暈……」

「妳沒事吧？」

雪成摸著芽依的額頭想要看看有沒有發燒，但芽依用力撥開他的手。

「你是不是想說和里華變得疏遠是因爲我？」

「沒錯。」

「可是，你以前不是說過嗎？國中二年級的時候，是你先告白的吧？是你先喜歡上里華，不是嗎？」

「那時候在周遭的人當中，我覺得里華是最好的一個。」

「唔。」

「可是，升上國中三年級後，出現其他讓我覺得『和這個人在一起或許會比較好』的對象。」

「咦？」

「上了高中後，又出現水準更高的人。」

「你竟然會在形容戀愛時，用到水準這樣的字眼……」

「沒辦法啊，大家應該都是這樣的想法吧。我們班上不是也有人閃電交往，又閃電分手嗎？我覺得這樣反而比較誠實。」

「我……我不喜歡這樣子。」

「里華也是。我就是因爲知道她的想法，而我也不是冷血動物，所以才會一直拖拖拉拉跟她交往到現在。可是，我最近開始覺得這樣太不像我了。再說，我的生日也快到了。」

「生日跟這個有什麼關係？」

「一般人都會想要和自己眞正喜歡的人一起慶祝生日吧。」

「可是，未來還會改變吧？畢業後不管是升大學或去上班，等你到其他地方後，如果又出現水準更高的女生，你還是會被對方吸引吧？」

「我不否認。」

「爛透了。」

「可是，妳是我們學校的第一美女，四個人一起行動後也發現妳的個性最好。所以，我可能不會再遇到比妳更好的人也說不定。」

「可能會再遇到也說不定。」

「如果是這樣，那更應該珍惜現在的時間，好好跟妳交往。」

雪成再次舉高雙手按住門，然後夾住芽依的雙肩。芽依蹲下來試圖從兩隻手臂中逃脫，但雪成一邊往下滑動雙手，一邊蹲下逼近芽依。芽依已無路可逃。

「你只顧慮到自己的心情。」

「說什麼會顧慮別人心情的人，才像騙子吧？」

雪成迅速把臉湊近芽依。這次真的要接吻了嗎？遙斗也蹲了下來，想要從相同的視線高度觀察兩人。

遙斗的目光已經完全被吸引住，所以沒察覺到還有一個人從他背後探出身子在偷看。

「一直以來，我都是把你當成普通朋友。」

「嗯。」

「但是，從今天開始我討厭你這個人。」

聽到芽依的話後，雪成哈哈笑了幾聲，並且挪開手。

「開玩笑的啦。」

「咦……？」

「就算我再怎麼做自己，如果在學校拋棄女朋友，然後跟女朋友的好朋友交往，也只會成爲大家攻擊的對象。這樣接下來的學校生活會變得很難熬。」

芽依露出鬆了口氣的表情頻頻點頭。

「所以，剛剛這些話保留到畢業。」

「咦？」

「我會讓現在的狀態持續下去。一邊和里華交往，跟妳和治也四個人也會跟以前一樣。等到畢業後，反正大家都會分開來。分開來後，應該就不可能和里華持續交往下去，我跟她的關係也會很自然地結束。這樣誰也不會受傷。到那時候如果我還喜歡妳的話，會再來找妳談。」

「不用來找我……」

「搞不好里華內心也是期待我們在一起呢。」

「咦？爲什麼……里華會這麼想？」

「因爲她老是掛在嘴邊啊。她老是說：『芽依只肯對我說眞心話，對其他人都會築起心牆。』還說：『眞希望有個人出來打破那道心牆。』如果我打破了妳的心牆，也算是幫里華實現願望。」

「我——」

「妳別說太有自信的話啊。還有一年半以上的時間，我可不敢保證會一直喜歡妳。」

「不管你喜不喜歡我都沒有關係。因爲我不會喜歡上你。我不會喜歡上任何人。」

「既然妳說沒有喜歡任何人，那在那之前可別交男朋友啊。」

雪成迅速把臉湊近。芽依張大眼睛瞪著雪成。兩人的視線相交。喀嚓；後方傳來輕微聲響，遙斗回過頭看。有個和芽依她們差不多年紀的「阿姨」右手拿著手機快步離去。那個「阿姨」長得很高，遙斗不曾見過她。

「你竟然是這樣的人，這要我怎麼告訴里華。」

說話聲傳來，遙斗再次把注意力拉回咖啡店後門的兩人身上。

「我不想在這裡再看到你。」

芽依站起身子。這時後門正好打開，撞到了芽依的背部。

「啊，找到妳了。白土，妳在做什麼？」

看似咖啡店老闆的女性做出要敲芽依頭部的假動作。

「不好意思，我在這裡摸了一下魚。」

「才一下而已？妳摸魚摸很久了喔——」

被吐槽後，芽依一邊對著店長露出剛才從未展露過的笑臉，一邊走進店內。芽依沒有回頭看雪成。後門發出「砰」的一聲關了起來。

如果雪成走了出來，就會被他發現。察覺到這件事情後，遙斗慌張地跑了出去。衝進威爾後，遙斗發現剛剛在身後的「阿姨」坐在門口附近的兩人桌位上。和遙斗四目相交後，「阿姨」露出共犯者的奸笑。雖然搞不太懂狀況，但遙斗也咧嘴笑了一下。

＊　＊　＊

總算到了下課時間。老師還沒走下講台，里華已搶先一步走到走廊。學校一堂課五十分鐘都嫌長了，升學補習班的暑期輔導課竟然長達七十五分鐘。會有習慣的一天嗎？如果能夠和雪成或芽依同一班，至少還可以互吐苦水，但他們兩人由於父母親的教育方針，要等到升上三年級才會開始上補習班。

治也應該在樓下上課才對。里華很自然地想要去見見他。她走下樓梯時，發現身後有人在跟她說話。

「欸……欸……欸……欸……不要不理我啊。」

「咦？什麼事？」

「我有非——常重要的事情要告訴妳。」

里華回過頭一看，發現沙良在身後。對於這個人的存在，已經疏遠到必須花上好幾秒鐘才能想起她的名字。里華和沙良曾有過交集，也就是保護芽依那時候，那是第一次也是最後一次的交集。從那之後，因爲對方也在閃避這方，自然而然也就沒機會交談。所以，雖然里華勉強還記得大姐頭叫杏奈，但沙良的存在早就從記憶裡消失了。

但是，沙良表現得異常親密，彷彿彼此之間沒有距離似的。事有蹊蹺。里華想要逃開，卻又想要確認沙良的奇妙舉動。退出校刊社已經好幾年了，難道我內心還暗藏著記者的靈魂嗎？里華腦中閃過這樣的想法而差點笑了出來。

看見里華的表情後，沙良似乎以爲里華卸下了心防。沙良一副親密模樣在里華耳邊低語說：

「雖然我們討論過不要告訴妳或許會對妳比較好，但後來我們又覺得只有妳一人被蒙在鼓裡，實在太可憐了。」

「我們是誰？」

「杏奈、京香還有小春。」

「妳說被蒙在鼓裡是怎麼回事？」

「這個嘛——」

「什麼事啊？快說啊！」

「不方便在這裡說啦——」

沙良做作地扭動身體。如果在她身上撒鹽，不知道會不會像鼻涕蟲一樣化為一灘水。

「因為目擊到現場的人不是我，是杏奈。」

「目擊到什麼？」

「妳知道車站後面那家威爾吧？下課後我們到那裡喝下午茶吧。」

「可以啊……」

「下課後我去妳們教室接妳喔！」

「嗯……」

臨別時，沙良露出別有含意的微笑，讓里華有異樣的感覺。里華心想，「還是不要理她們直接回家？」里華陷入了沉思。可是，到底目擊到了什麼？說什麼也不可能不問清楚就回去。

「我和同學一起寫完功課後再回家。」里華傳了訊息回家後，和沙良一起前往威爾。因爲中元普渡快到了，大家家裡比較忙，所以店裡沒有幾個客人。里華很快就發現杏奈在招手。

除了杏奈之外，還有京香和小春。在四人的圍繞下，里華坐了下來。不過，不可思議地，四人並沒有散發出壓迫感。沙良甚至還說：「突然把妳叫出來，所以請妳喝東西算是賠罪囉……」然後點了一杯柳橙汁給里華。而且還是大杯的。

因爲這樣，里華也難以切入話題說：「有何貴事？」只好默默喝著果汁。

沙良向杏奈使了一下眼色。杏奈點點頭開口說：

「永澤同學，妳以前不是救過芽依嗎？那時候，我其實很想告訴妳芽依眞正令人恐懼的地方。可是，我看妳好像很相信芽依，所以就沒說出口。不過，事情已經演變到這種地步，而且我們大家都知道，就只有永澤同學不知道，這樣似乎不太好。」

「什麼意思？」

快說！一口氣說出來！如果杏奈是鸕鶿，里華一定會要她把就快吞進肚子裡的魚整條吐出來。

「意思是我們是同伴，同樣是受害者。」

「我的意思是，我抓不到重點。」

里華的語調變得浮躁。察覺到這點後，杏奈拿出了手機。

「如果妳想先知道結論，那就不用多說什麼了。」

「咦？」

「妳看一下這個就知道了。」

杏奈迅速地把手機遞給里華。里華接下手機後——

「咦？」

把螢幕拉近到距離眼前十公分的位置。里華明明有一．〇的視力，卻覺得像看見了什麼幻影。

「這是什麼……」

「那是威爾附近的咖啡店。妳不知道芽依在那裡打工嗎？」

「我知道她在打工……但我沒去過她店裡。她說那裡的價位偏高，是給大人去的地方。」

「還好啦。那裡是喝咖啡兼吃飯的地方，從一千二百元起跳，而且有套餐式的晚餐。」

一千二百元算很貴了吧；里華腦中閃過這樣的想法，但現在不是爭論這個的時候。

這個手機畫面，雖然是很小的一張照片，但一眼就能看得出來。照片中的芽依靠在牆壁上，而雪成整個人探出身子。兩人之間只有二十公分的距離。兩人互相凝視著，那畫面營造出只有兩個人的世界，簡直就像歌手拍的宣傳影片一樣。

「這是在做什麼……？」

「在勾引對方。」

杏奈斬釘截鐵地說道。

「勾引……？」

「我是說芽依在勾引雪成同學。芽依明明知道他是妳的男朋友，還暗地裡這麼做。」

「我怎麼覺得是雪成自己逼向前……」

雖然不願意這麼說，但爲了求公平，里華指出了疑點。

「那是芽依一貫的伎倆！一直以來妳都被她騙了。」

杏奈握住了里華的手。里華就這樣讓杏奈握著，沒有心生厭煩感而想要撥開杏奈的手。

「一直以來都被她騙了？」

里華聲音微弱地複誦一遍。

「妳回想一下啊，那時候妳不是因爲我們在欺負芽依，所以很生氣嗎？可是，我們根本沒有在欺負她。是她眞的做了很過分的事情，我們只是在抗議而已。不管我們怎麼說，她都沒有要反省的意思，不僅如此，她還有被害妄想症，反過來說是我們欺負她。眞是拿她沒轍。」

杏奈一鼓作氣地把話說完，當她大口喘氣時，京香靜靜地說：

「她眞的搶了我的男朋友。在補習班的時候。」

「咦？可是，芽依說她根本沒有那個意思啊。」

里華知道必須要幫好朋友說話，但她的聲音卻與意識背道而馳，愈變愈小聲。

「那就是她的伎倆。我什麼都沒做，男生卻自己一直貼過來。她每次都會用這種狡猾的說法來閃避。妳換成自己的角度來想一想就會知道。如果有男生喜歡妳，妳應該會知道吧？相反地，如果有個男生根本沒有把妳放在眼裡，妳也會知道吧？」

「芽依就是很會利用對方這樣的心態。她會用眼神告訴男生『我好喜歡好喜歡你』，而且專門找朋友的男朋友下手。如果什麼事情都沒有，男生怎麼可能被吸引過去？等到大家鬧得不愉快，她就會說是男生自己來告白的。妳說，這樣的做法不是太過分了嗎？一直以來她就是這樣破壞了好幾對情侶。」

「爲什麼……要這麼做？」

「所有男生都要注意到她，一定要這樣她才肯罷休。妳看喔，偶像不都是這樣嗎？她們有很多歌迷，但不會和歌迷談戀愛。芽依她自以爲是偶像。」

自以爲是偶像。這樣的形容和平常的芽依似乎完全搭不上邊。可是，如果選擇相信芽依，這張照片又該怎麼解釋？

「妳可以轉寄給我嗎？把那照片轉寄到我的手機。」

「可以啊。我們來交換手機號碼吧。」

杏奈用力點點頭後，立刻傳送了照片給里華。

「妳打算怎麼做？」

沙良毫不掩飾好奇心地問道。

「我要問一下芽依。」

「那傢伙一定會徹底裝傻的。不然就是把責任全丟給雪成同學。與其去問芽依，不如先和雪成同學商量好，再一起去找芽依或許比較好喔。」

「嗯……」

杏奈的聲音變得愈來愈遙遠。里華只是機械性地不停點頭。

＊　＊　＊

「我想見你。」

「爲什麼？」

「我有事情要問你。」

「明天不是就要和治也、芽依他們見面嗎？不能等到那時候嗎？」

「我想要單獨跟你討論事情。」

「眞麻煩。」

「我可以去找你。」

「妳如果來找我，我爸媽還要客套一番，反而麻煩。」

「那這樣，我在上次碰面的那個公園等你。」

「晚上去公園萬一發生什麼事情，到時候要我負責，我不就一個頭兩個大？我在公園前面的公車站牌那裡等妳。」

＊　＊　＊

雪成臉上貞的寫著「一個頭兩個大」。里華走下公車時，迎接她的是板著臉的雪成。里華是用「有東西忘在補習班」當藉口外出，所以不能在這裡待太久。但是，見到雪成後，里華不禁覺得這些時間限制都不重要了。比起這些，里華更苦惱於該如何切入話題。

雪成，你喜歡上別人了嗎？

雪成，你還喜歡我嗎？

雪成，我還可以繼續相信你嗎？

不論用什麼說法切入話題，應該都會得到一句「妳煩不煩啊」。不過，不可以突然拿照片給雪成看。不可以把對方逼到找不到藉口可說的地步。可是，會有這樣的想法，就代表完全不相信對方……想到這裡，里華不禁有種「管他的」的自暴自棄心情。

「這張照片，你解釋一下。」

雪成一副嫌麻煩的模樣搶走手機後，看向螢幕。瞪大的眼睛不久後恢復正常，嘴唇變得扭曲。

「這是誰拍的？」
「我不知道。有人傳到我這裡來。」
雪成把手機當成是自己的一樣，嗶嗶嗶地不停按著按鍵。
「你在做什麼？」
「我刪掉了。」
「爲什麼？」
「這種東西沒什麼好在意的。這是有人在惡作劇吧？搞不好是合成的。」
雪成的語調顯得異常開朗。看見雪成往公園走進去，里華也跟在後頭。
「拍照那個人還寫了訊息。」
「寫……什麼？」
「對方說這裡是芽依打工的咖啡店。」
一秒鐘、兩秒鐘、三秒鐘過去。雪成站到里華的正前方，打破沉默說：
「妳喜歡哪一種？」
「什麼東西？」
「溫馨的虛構故事，還是冰冷的眞實故事？」
「你在說什麼？雖然我不太懂意思，但我想知道事實。」

「想知道事實啊？畢竟妳原本是校刊社的嘛。」

雪成讓里華在長椅上坐下來，自己也並排而坐。里華僵住身子心想，「可能會是一段長談。」

「國中的時候啊，我不是在上課時說過一段話嗎？妳還記不記得？」

「咦？」

「針對友情的那段話。」

「記得。」

「那時候我不是說過嗎？我說友情是一種結果，不是決心。過了幾年後，如果友情還能夠一直持續下去，那當然是好事，但如果是抱著想要永久持續下去的心態在交朋友，那就太奇怪了。」

「嗯。」

「對於愛情，我也是抱持一樣的想法。」

「咦……？」

「如果和妳剛好能夠交往五年、十年那麼久，那當然沒什麼不好，但不應該抱著『絕對要持續下去』的決心來交往。」

「這……我不太懂——」

「妳就聽我說吧。我不會說所有男生都這樣，但至少我是那種看到外表符合自己喜好的女生，就會比較 High 的人。關於這點，我自己也無能為力。妳長得並不醜。但妳自己也明白吧。妳不是那種能夠參加選美比賽的料。這麼一來，上了高中遇見更漂亮的女生時，我就是會忍不住對那個人比較有興趣。」

里華腦袋裡的 CPU 以最快的速度轉動著，感覺就快短路了。

「你是指芽依？」

雪成的沉默清楚表達了肯定的意思。里華瞪著雪成說：

「你不是棄她於不顧嗎？」

「啊？」

「你看見芽依被人霸凌時，不是假裝沒看見嗎？這樣你還敢說因為她是美女，所以被她吸引？」

「關於那件事，我當時不是說過了嗎？我一直以為會被女生霸凌的女生一定個性很差。可是，我們四個人一起行動後，我才明白是我誤解了。芽依根本沒有什麼錯，她只是遭人嫉妒而已。」

「意思是說，是我讓你明白了這個事實？因為我和芽依交朋友，讓她加入了我們，所以你才察覺到芽依其實個性很好，又是個美女，是符合你的理想的女生？你覺得不要我這種女朋友，選芽依比較好？所以在那個地方向芽依告白？」

里華打算跳回先前的手機螢幕畫面時，想起照片已經被刪除。

「你太過分了……雪成。」

「我不辯解。」

「你怎麼可以這樣說變就變？」

「我本來不打算說的，也打算跟之前一樣繼續和妳交往。是妳自己說想要知道事實。」

「所以是我害的？」

明明沒什麼好笑的，里華卻忍不住哈哈大笑起來。在那一秒鐘後，里華發現忘了問一件重要的事情，所以恢復嚴肅的表情說：

「然後呢……芽依怎麼說？」

「我又不是想要知道芽依的答案。」

「咦？」

「我只是想要傳達自己眞正的想法而已。」

「你被芽依拒絕了吧？」

里華抱著哀求的心情問道。

「聽到好朋友的男朋友跟自己告白，一般都會先保留吧。」

「保留……」

「既然都說這麼多了，我就順便告訴妳好了。芽依並不討厭我。打從一開始我就知道這點。」

「咦？」

「她總是一直看著我，一直用眼神在告訴我她喜歡我。」

「怎麼可能——」

里華想起杏奈說過的話。那是芽依一貫的伎倆！

「應該沒有幾個男生明明知道對方對自己一點興趣也沒有，還會跨出界線吧？至少我不是那種自虐狂。」

「意思是說，因爲你是我的男朋友，所以芽依不好意思表現出來？」

「有可能。」

里華想起芽依對治也完全不感興趣。里華原本覺得如果四個人可以雙重約會該有多好，但那是不可能的事情。因爲芽依喜歡雪成。

四個人去看足球比賽的時候、去看電影的時候、放學後去便利商店買關東煮分著吃的時候，里華都覺得四個人能在一起很開心，但芽依和雪成的想法並不同。他們覺得如果能夠兩個人獨處該有多好——

里華無法繼續平靜地坐著，而走向旁邊的單槓。里華使出全力踢踏地面試圖翻過單槓，但屁股沒能超過單槓的高度，難堪地結束了翻單槓的動作。以前做得到的事情漸漸變得做不到了。難道時光流逝就是這麼回事嗎？

「在遇到芽依以前，你愛過我嗎？」

現在問這個有什麼用？雖然這麼覺得，但里華還是忍不住想問。

「愛？」

哈哈；雪成苦笑問道。

「愛過妳……當然沒有了。」

「咦？」

「等到有一天長大成人後，如果遇到眞正的對象，或許我會說一生一次的『我愛妳』吧。如果眞的能夠不害臊地說『我愛妳』，或許就是眞正的對象吧。」

「等一下。你這是什麼意思？」

你是想跟我吵架嗎？里華眼睛眨也不眨地注視著雪成的臉，但雪成依舊如往常般一副我行我素的表情。雪成說話時的態度就像被要求解答二次函數的問題時一樣，一副極其理所當然的模樣。

「你的意思是說從來沒有把我當成眞正的對象看待過？既然這樣，你是抱著什麼想法在跟我交往？你一直認爲我們早晚會分手？」

雪成的表情和里華的僵硬表情形成對比，他甚至露出了淡淡的笑容。

「那我反過來問妳，妳愛我嗎？妳覺得我是眞正的對象嗎？」

「那……當然……」

怎麼會吞吞吐吐說不出話來呢？對於勇敢說出自己意見的雪成，里華一直很尊敬，也覺得雪成那有些反常的態度很酷。但是，就算翻開字典查「尊敬」這個字眼，也找不到包含「愛」的意思。

「我對妳從來沒有過這樣的想法。」

「咦？」

「事實上，我甚至從來沒對妳說過『我喜歡妳』，不是嗎？」

「咦？怎麼可能——」

「那妳想得出來我何時何地說過這句話嗎？我可想不出來。」

里華在腦中重播起這三年來的時光。看見里華沒有回答，雪成露出一臉苦笑說：

「對於朋友，妳希望即使過了五年、十年也還是朋友，對吧？所以對我，妳也有一種義務感，覺得必須一直跟我交往下去，對吧？有點像是『如果讓關係結束就輸了』的感覺。」

「義務感……」

「好吧，那妳說得出來喜歡我什麼嗎？」

「這種事情……聽到你說了那麼過分的話，怎麼可能還想得出來喜歡你什麼呢……」

看見里華低下了頭，雪成放軟語調說：

「妳不用對我感到愧疚。就把我們的關係當成是爲了未來在練習好了。」

「爲了未來在練習……」

「總有一天妳也會遇到生命中眞正重要的某人。那個人絕對不是我吧？」

有顆破破爛爛的躲避球，滾落在單槓旁邊的草叢裡。雪成站起身子把躲避球踢了過來，並且用腳尖不停上下踢球。

「我才沒有——」

如果能夠搶走雪成的球，然後用力踢到遠處去，不知道該有多好。

有個身穿紫色衣服的中年男子從公園入口跑了進來。男子一邊慢跑，一邊看向這方吹口哨，最後漸漸遠去。在男子眼裡，這究竟是什麼樣的畫面呢？

「早知道就不要讀清川高中。早知道就不要認識芽依……」

里華不知道在這裡站了多久。她察覺到腳底已開始發麻後，走到鞦韆旁坐下來。里華無心盪鞦韆，只是雙腳踏在地上緩緩搖晃鞦韆。

雪成一邊踢球，一邊慢慢靠近里華。來到里華身邊後，過了三分鐘、五分鐘，雪成還是沒有說話。只聽得見躲避球的彈跳聲有節奏地輕輕響起。

雪成是在等里華先說話。察覺到這點後，里華終於開口說：

「只能說再見了吧。」

「妳是說真的嗎？我並沒有想要馬上和芽依有什麼發展。我們可以繼續保持現狀。」

「不可能吧？有誰聽到對方說已經不喜歡妳了，還能繼續交往下去呢？」

「會嗎？我覺得大部分的情侶都沒有真的那麼喜歡對方，但還是持續在交往著。」

「我不喜歡這樣。」

「現在只是把內心的真正想法說出來而已，跟昨天之前沒有任何改變。」

再說下去也是白說；領悟到這樣的事實後，里華跑出了公園。遠處傳來響亮的引擎聲。一定是公車快到了，要趕緊去搭車；里華心裡這麼想，但也不忘豎耳傾聽後方有沒有動靜。然而，沒有腳步聲追來。

* * *

里華悄悄嘆了口氣，但根本不用擔心會被人聽見。

紅色和綠色的牡丹花在夜空裡綻放，一秒鐘後「咚！」的一聲巨響撼動著身體。接下來是一連串的菊花持續綻放。

「哇啊——」

雪成和治也異口同聲地發出歡呼聲。

三天前和雪成說再見時，里華完全忘了有鯨崎煙火大會這件事。雖然鯨崎只是個小鎮，但對於這個活動投注相當多心力，煙火數量多達四千五百發。以這一帶的海岸線來說，算是最熱鬧的煙火大會。

兩人分手後，照理說當然會打破要四個人一起參加的約定。但是，雪成似乎沒有告訴任何人分手的事，昨晚四個人之間還不斷傳訊息相約集合地點和時間。里華錯過了回覆「不參加」的時機。

「糟糕，浴衣（譯註：浴衣屬於比較輕便的和服，日本人有穿著浴衣參加煙火大會或祭典

的習慣。）快鬆開了。」

芽依用手按住胸口，對著里華低聲說道。如果是以前，里華一定會說：「天啊——太危險了！我們去廁所綁一下。」然後帶著芽依跑去廁所。但是，今天的里華只是發出聽不清楚是在說「喔」還是「是喔」的附和聲。

芽依站了起來。

「我去找個地方綁一下腰帶喔。」

然後自個兒走了出去。點綴著許多粉紅色喇叭花的鮮豔浴衣，繞了好幾圈盤上去的髮型以及纖細的頸部線條。這麼仔細一看，確實會覺得芽依的一切都像在企圖吸引男生。浴衣快鬆開會不會也是一種算計？

「芽依去哪裡了？」

治也回過頭問道。

「喔，她說腰帶沒有綁好，所以去重綁一下。」

治也一副憂鬱的模樣站了起來。

「她是去那邊嗎？」

治也一邊指著攤販並排的角落，一邊走了出去。

想起四個人融洽相處在一起只是錯覺，雪成和治也其實一直都是在注意芽依，里華不禁感到反胃。不過，今天早上到現在什麼也沒吃，就算眞的吐出來，也頂多只有剛剛勉強吞進肚子裡的抹茶口味刨冰而已。

治也離去後，剩下里華和雪成兩人獨處。

「如果妳想告訴大家分手的事情，妳自己說喔。」

雪成一邊仰望發出「咚咚咚！」聲響的菊花煙火，一邊低聲說道。

「我不想當壞人，太麻煩了。到時候大家會到處亂說話，把我們當成玩笑。上次愛海花和外國人分手的時候不就是這樣嗎？」

我還是不想和妳分手；雪成並沒有說出這種甜蜜話語。忽然間，就像剛剛在夜空裡綻放的煙火一樣，里華腦中浮現了一個點子。

「好啊，沒關係。我也會跟之前一樣。」

里華的聲音突然變得開朗。

「咦？」

雪成這時才把視線從夜空挪開，第一次仔細注視里華的臉。

「我會把回憶刪除。」

「刪除？」

「沒錯。不管是和你說過的話、我們倆一起吃便當和吃甜甜圈的回憶，全部拿去典當。」

「妳的意思是——」

煙火化成一個大圓形，紅色的光芒照亮了雪成的臉。雪成的表情很嚴肅。

「妳打算忘了所有事情啊？包括和我的一切回憶。」

「那是我的自由吧？如果什麼都忘掉，大家會以為我腦袋有問題，所以我會保留四個人的回憶。這麼一來，我們就會一直是意氣相投的四人組。我們從一開始就是朋友，不是情侶。如果是這樣，就能夠繼續下去。」

「我口好渴。我去買汽水。」

雪成丟下一句偏離話題的回答，一個人離去。

水中煙火開始了。水面上綻放出只有半圓形的煙火，並逐漸地染紅了黑色的水面。

魔法師是否也在看煙火呢？

此刻里華最想見的人就是魔法師。

*　　*　　*

「很失望嗎？妳是不是很想搖頭嘆氣說：『搞半天妳也一樣嘛。』」

里華詢問後，魔法師臉上浮現微笑。

「沒那回事。」

「眞的嗎？」

「我只是覺得很有趣而已。」

「有趣？」

「人類眞的很奇妙。明明可以控制自己的心，卻反而會被他人影響而感到苦惱。」

「都這種時候了，妳還覺得有趣……」

松鼠來到里華身邊，看似不滿地不停甩動著尾巴。松鼠似乎是在生氣，里華從剛剛進來到現在，完全沒有吃一口餅乾或喝一口冰紅茶。

不得已，里華只好吃了一片餅乾。

「不知道怎麼搞的，就是不太想去上補習班。其實應該要努力讀書的。因爲我希望能夠考上比較遠、比較難考的大學，然後離開這個城鎮，去一個沒有雪成和芽依的地方。」

「這樣啊。」

「可是，萬一沒有考上大學，就有可能要留在這裡繼續補習。」

「是嗎？」

「不管有沒有考上，距離畢業都還有一年半的時間。在那之前如果一直持續這種奇怪的人際關係，我一定會發瘋的。」

「那就傷腦筋了。」

「不過，如果把回憶當掉，就能夠忘記討厭的事情，也能夠和他們三人相處融洽。這樣大家都會幸福。」

「或許會吧，但以前芽依想要這麼做時，妳是反對的。」

魔法師的口吻很平靜，絕不像在責怪人，但里華覺得被刺到了痛處，不禁皺起眉頭說：

「我的狀況不一樣啊。我是被男朋友背叛了。不僅如此，好朋友也是。」

「她背叛妳了嗎？」

「我剛剛不是說過了嗎？妳沒在聽嗎？」

「我有啊。還聽得很仔細。」

「那這樣，妳應該懂吧？雪成喜歡芽依，芽依心裡也喜歡雪成。我的存在就像個傻瓜。」

「對我這個不懂喜歡或討厭情緒的人來說，這是無法理解的狀況。所以，既然妳都這麼說了，我也就不反駁。不過……」

「不過什麼？」

魔法師每次都是聆聽者，只會說「嗯」或「是喔」來附和，這次竟然會反駁。早知道就不要來這裡。里華下定決心不要喝飲料。不過，里華其實是覺得有點渴了。

「背叛不是一種情感，應該是一種事實吧？但是，妳卻沒有確認兩人是否背叛了妳。」

「妳的意思是……芽依有可能並沒有背叛我？」

魔法師什麼也沒回答。看見冰紅茶的杯子表面滿是水滴，魔法師用食指指向水滴。水滴變成了小小的泡沫，在半空中輕飄飄地浮了起來。沒多久後那些水滴開始互相連結，變成像珠子做成的毛毛蟲一樣串在一起，並且輕飄飄地移動著。松鼠抓住水滴玩了起來。

銀色毛毛蟲移動到了里華的臉旁邊，里華「呼」的一聲吹散了毛毛蟲。

「可是，這個事實永遠也無法證實。就算我要求芽依解釋給我聽、就算我拜託芽依告訴我她對雪成的想法，也無法判斷芽依是不是說眞話。魔法師也是吧，妳也沒有辦法了解人們內心深處眞正的想法吧？如果有辦法，請妳告訴我。」

魔法師再次伸出食指接近杯子。冰塊開始射出閃耀光芒。

「不要玩了！快回答我啊。」

魔法師縮回食指，抬起頭說：

「我知道事情眞相喔。」

「咦？怎麼回事？」

里華猛然探出身子，結果左手碰到杯子翻倒了冰紅茶。但是，冰塊和紅茶沒有流出來，魔法師一副什麼事情都沒發生過的模樣把翻倒的杯子放回去。如果是在平常，里華一定會拍手叫好說：「不愧是魔法師！」但里華今天只是瞥了一眼，又重複說道：

「怎麼回事？」

「上次啊，遙斗來過。」

「遙斗？遙斗怎麼了？」

「他來典當回憶。」

「那又怎樣？」

「他說：『我看見非常有趣的東西。魔法師妳一定也會覺得有趣。大人們的人際關係眞是複雜喔。』遙斗來典當的回憶是在咖啡店後門看見的情景。」

「咦……？」

「妳說的那兩人在那裡交談過。」

「該、該不會是同一件事吧？補習班的朋友給我看過一張照片。妳說的一定是同一個時間點的回憶。魔法師，遙斗把那個回憶典當給妳了？」

「是啊。」

「聽了兩個人的交談內容後，妳覺得芽依沒有錯？」

「雖然我不知道什麼是對、什麼是錯。」

里華的焦躁情緒高漲而拉高嗓音說：

「我的意思是妳覺得芽依沒有背叛我，是不是？」

魔法師沒有回答。

「也就是說，一切只是雪成的單相思，芽依其實什麼想法都沒有，也沒有那個意思，是嗎？」

沉默再次降臨。里華輕咳一聲說：

「妳聽我說，魔法師。」

「什麼事？」

「我知道妳可能沒有提供這樣的服務，但我願意付錢給妳，所以，妳可不可以給我看……遙斗的回憶？」

「妳想看啊？」

「想。非常想。因爲那個回憶不是任何人想像出來的東西，也不會是當事人自己捏造出來的藉口。那是遙斗親眼看見的百分百事實吧？只要妳願意跟我分享那個回憶，我就能夠了解一切眞相，心情也能豁然開朗。如果芽依眞的沒有錯，我也不會失去好朋友。這麼一來，我們也可以兩個人再次相約來這裡玩，對吧？」

魔法師站起身子，從排列在壁爐上方的檔案夾當中，輕輕拉出最右邊那本檔案夾。魔法師就這樣站在壁爐前面不動，於是里華站起身子靠近她。

「那檔案夾不是只有妳看得見……對吧？人類也看得見吧？」

「看是看得見……」

「太好了。」

「可是，這樣眞的好嗎？」

「有什麼不好？」

魔法師面帶憂鬱的表情看著里華。魔法師的眼睛和她的服裝顏色一樣，染上一層薰衣草色。

「如果看了檔案夾，妳就不再是人類。」

「什、什麼意思？」

里華感覺背後像是有一隻蜈蚣爬了過去，而往後退了一步。

「我說的不是那麼誇張的事情。」

魔法師苦笑說道。

「我的意思不是說妳會從人類變成像我一樣的魔法師。我只是在說妳會看見人類絕對看不到的東西。這樣會超出自身的能力。一旦以這樣的方式解決了問題，就再也回不去了，不是嗎？」

「回不去……？」

「如果再有問題發生，妳可能又會想從這個檔案夾裡找出眞相。」

「不會的。」

里華斬釘截鐵地說道。

「我的一生中不會再有如此令人煩惱的事情。」

「是嗎？」

魔法師一邊搖晃銀色波浪鬈髮，一邊在思考。

「我之所以會覺得人類有趣，是因爲人類的生活明明彼此環環相扣，卻像咬合不良的齒輪，很多事情都會讓人類之間產生誤解。舉例來說，遙斗非常討厭媽媽，但媽媽不見得也一樣那麼討厭遙斗。還有啊，妳上次來採訪我的時候，不是也被老師誤解了嗎？我只是在想，如果人類的存在就是像這樣總是無法互相了解，一旦看了這個檔案夾得知事實後，或許就會變成不再是人類。」

「這……」

「以前不是也發生過類似的事情嗎？我看見了撞傷雪成曾祖母的車子。可是，如果我把這件事說出來，就會變成是用魔法在解決事件。一旦做了，就會沒完沒了。只要有那個意願，我甚至能夠把那個肇事者趕到天涯海角去。不過，我沒做過這種事情就是了。超越人類力量所做得到的事情是可以無限延續下去的。不過，輕易跨過這條界線好嗎？」

「可是……」

「雖然妳剛剛說過未來不會再有如此令人煩惱的事情，但那可不一定吧。如果又再發生什麼事情，妳一定會忍不住尋求人類做不到的解決方法。」

我不會；里華很想這麼回答，但答不出來。雖然說過未來不會再有如此令人煩惱的事情，但空口無憑。里華低下了頭。

「還有一點請妳不要忘記。妳能夠來這裡看檔案的時間，僅限於二十歲生日以前。一旦過了二十歲，就絕不可能再使用這種解決方法。」

「如果是這樣……」

里華看著魔法師的眼睛。因爲覺得彷彿快要掉進薰衣草色的漩渦裡，里華把視線移向並排的檔案夾。

「過了二十歲生日後，連看檔案夾來解決事情的記憶也會全部遺忘吧？那這樣也不用擔心在那之後會想要來拜託魔法師幫忙，不是嗎？」

里華自覺反駁成功，但魔法師輕輕搖了搖頭說：

「儘管記憶已不存在，身體某處還是會記得。妳會記得明明還有更簡單的解決方法。這麼一來——」

「我就有可能慢慢走向崩潰？」

「之前沒有過這樣的例子，所以無法證明就是了。」

「到那時候，妳不能偷偷幫我忙，讓我恢復正常嗎？」

「對於超過二十歲的成人，我是不干涉的。」

是啊、是啊，這是妳一貫的作風嘛；里華怕自己忍不住以挖苦的口吻這麼說，所以離開壁爐旁去打開大門。微溫的風吹了進來。

里華想起包包還放在沙發上，所以不能就這麼回去，只好眺望著大海。

「啊……」

從岸邊到鯨島之間大約有兩百公尺的距離，兩者之間平常總是隔著大海，今天卻架起了一道石橋。里華走了出去。

鯨島是一個只需要走上七、八分鐘就能夠繞完一圈的小島，高度差不多有三十公尺高。鯨島東側種滿松木和杉木，西側則有一個大坑洞，凝聚了大量日光。

走過石橋後，里華沿著岩石爬到最頂端，然後在大坑洞裡坐了下來。今天好像忘了抹防晒乳液。從天空照射下來的陽光，以及從海面反射上來的陽光全囤積在大坑洞裡，坐在這裡晒太陽似乎不是明智之舉。儘管有這樣的想法，里華卻一直坐在大坑洞裡動也不想動。汗水如泉水般湧出。里華一邊用手帕擦拭汗水，一邊凝視無限延伸的碧海。

不久後，夕陽慢慢沉入對面的半島後方，里華身上的汗水也迅速退去。星星在紫色天空較低處閃爍著。

里華察覺到有動靜而回頭張望時，發現魔法師正好爬了上來。里華別開視線再次凝視大海。魔法師沒說什麼，只是在旁邊坐了下來。薰衣草色的裙襬發出唰唰的聲響。

天空的顏色映照在大海上，海面隨之也染成一片紫。

「咦？」

里華忽然探出頭，想要確認眼前所看到的景象。一顆一顆的銀色小星星從紫色海底接二連三地浮了上來。里華以爲是眞的星星映在海面上而抬頭仰望，但天空中只有兩、三顆星星而已。明明如此，海底下卻浮出上百、上千顆星星，數也數不盡。那些光點鋪滿整片海面，閃爍發光，那光景彷彿從山丘上俯視城市時所看見的夜景。

魔法師低聲說：

「那些是被我沉到海底的海星。」

「被那些過了二十歲的人遺留在這裡的回憶？」

「沒錯。」

當大海的顏色從紫色變成深藍色時，海星們安靜地再次沉入海底。

里華對著一片大海嘀咕說：

「其實我心裡是明白的。」

「這樣啊。」

魔法師低聲說出的話語溫柔地包圍著里華。里華感到安心地繼續說：

「魔法師，眞的不能小看人類。」

「是啊。」

「有些東西即使看不見，只要有心想看，還是看得清楚。」

魔法師輕輕點了點頭。

「芽依是我的朋友。不管過了五年、十年，就是五十年後也還是朋友。」

魔法師忽然用雙手抱住里華的肩膀。

「好了，該回去了。」

里華一邊感受魔法師的擁抱，一邊撒嬌說：

「不要，我要一直待在這裡。」

6

今天早晨，積了三公分高的積雪遲遲沒有融化。莊重的門牌上寫著「東京文科大學附屬金原國民中學・高級中學」。穿過大門後，看見中庭已是一片騷動。遙斗打算快跑出去時——

「太危險了。」

母親三津子阻止了他。不過，媽媽嘴裡這麼說，自己也是走得很急。一群小學生和他們的爸媽，聚集在教職員辦公大樓入口處旁的公布欄附近。遙斗本來以為校方會用仿羊皮紙或其他紙張寫出合格名單，再張貼於公布欄，但不愧是來自東京的大學附屬學校，竟然是用一塊想必只會使用這麼一次的塑膠板寫

出一長串號碼。

因爲大家都聚集在公布欄前面，所以站在遠處看不到號碼。遙斗拿出了自己的准考證。雖然不用看也知道號碼，但遙斗還是再次做了確認。97。

「怎麼了啊？你不是很有把握嗎？」

三津子拍了一下遙斗的背部說道，她似乎以爲遙斗在害怕。遙斗並非沒有自信。不，反而應該說他相當有自信。遙斗自覺這次的表現和補習班的最後一次模擬考成績差不多。那時遙斗第一次拿到A等的成績，也就是有百分之八十的合格率。遙斗也告訴了三津子這件事，所以三津子剛才也滿懷期待地一路快步走來。

遙斗穿過人牆走近公布欄。有人一直站在公布欄前面發呆，不曉得他們是因爲太失望而走不動，還是因爲太感動才僵住身子？

「咦……」

遙斗還沒做好心理準備。他本來打算從八十幾號開始一邊用手指往下滑，一邊尋找號碼。然而，當遙斗撥開人群來到公布欄前方時，眼前正好是九十幾號的號碼。

92、93、95、98。

遙斗沒有落榜的感覺，反而是覺得不可思議而忍不住想說：「咦？」是不是分數算錯了？還是本來要圈97，卻不小心圈到98？

「眞可惜喔。」

三津子的聲音傳來。三津子不知何時已來到遙斗身旁。

「不可惜。不可能的。」

「你說不可能也沒用啊。搞不好是你忘了在考卷上寫名字。」

「我有寫。」

「那……還是不小心寫錯答案？」

「我沒有。」

我絕對考得很好，而且感覺得到「考上了」。如果被人否定了這點，叫我以後要怎麼相信自己的能力？

「可不可以去辦公室問一下？要他們拿我的考卷出來確認分數——」

「這不是模擬考喔。就是因爲是正式入學考試，所以不能這麼做。」

「不是啊，新聞不是經常會報導嗎？報導說事後經過確認才發現分數算錯了，把合格考生當成了不合格考生，所以校方出面道歉。」

三津子拉著遙斗的手臂，把遙斗帶到中庭的長椅前面。長椅上的積雪已經融化，但沒有完全乾，還有水滴在上面。三津子一邊瞪著水滴，一邊說：

「遙斗，你要學會接受事實。」

「可是……」

「媽媽也覺得打擊很大啊。因爲這是媽媽第一次在公布欄上看見落榜。」

遙斗立刻知道三津子是在指哥哥大和。去年大和報考高中時，成功考上了第一志願清川高中。

「以遙斗的狀況來說，還是有可能發生這種事情。其實可以不用來看公布欄，在網路上確認就好了。」

三津子一邊嘆氣，一邊拿出手機傳訊息。三津子一定是想起丈夫在鯨崎車站的辦公室裡屏息等待著通知。

這絕對是計分錯誤；遙斗還沒有放棄這樣的想法。但是，如果這所全新的學校不肯讓遙斗入學，遙斗再執著下去也沒有用。察覺到這點後，遙斗勉強裝出開朗的聲音說：

「不過，對我來說，這樣也好啦。反正篤史和曜介都要去上公立高中，而且通勤單程就要花一個小時也太累人了。」

「你轉換心情還轉換得眞快呢。當初繳給補習班的學費很貴耶。媽媽也犧牲很大呢，去年參加同學會時都不敢買新洋裝。」

三津子滑了一下差點摔跤。摔倒最好；遙斗用小聲到甚至連自己都聽不見的聲音不屑地這麼說。

＊　＊　＊

「一共是五百九十七元。」

聽到收銀台的男店員這麼說，遙斗不禁有些生氣。總金額的末兩碼是九十七。雖然這不是男店員的刻意安排，但遙斗還是有一股衝動想要退回自動鉛筆和筆記本。

「動作快一點喔，還有很多事情要做呢。」

媽媽在店外說道。遙斗心不甘情不願地付了錢。

微姿購物中心正好位於金原市和鯨崎鎮中間，備有大型停車場，並且網羅了從餐廳到服飾店、超商、寵物店、園藝店等各式各樣的商家。如果是在走路走得到的範圍內，就能夠經常來這裡。可惜的是，只能開車或搭公車來這裡。所以，對遙斗全家人來說，每個月只能來這裡做一次或兩次的大採買，算是一個小活動。

大和升上高中後，變得比較少和家人一起外出，在外面吃晚餐的次數也變多。不過，每次要來這家購物中心時，大和還是會一起跟來。

「接下來是……你說想買什麼？想買衣服對不對？動作不快一點的話，爸爸和哥哥他們一下子就都買好了喔。」

爸爸先去逛了唱片行，接著去家居用品店尋找假日當興趣的木工工具。大和說要先去看有什麼新手機上市，再隨便到處逛逛。

其實我也想自己去買東西。不用怕沒有錢，魔法師給我的錢還很多呢。就算沒有，不用媽媽的錢也沒問題——

話雖這麼說，遙斗還不至於沒察覺到自己買衣服的風險。如果是雜誌或遊戲軟體，只要藏起來就好，但如果穿了爸媽沒看過的衣服，就會被追問買衣服的錢哪裡來。

遙斗帶著三津子走到剛剛經過時注意到的店家。

「這邊。」

「迷彩裝？」

不出所料，三津子皺起了眉頭。這家店只有賣迷彩圖案的T恤或褲子之類的衣服。

「不要買這種衣服啦，穿起來會變得沒氣質。比起這種衣服，我剛剛看到了感覺還不錯的衣服。」

三津子自顧自地走了出去。連回個頭也沒有。三津子那種確信遙斗一定會跟上來的態度，讓遙斗看了很生氣。但是遙斗想買新衣服，所以只能跟上去。

他心想，「就去那家店挑一件最能看的衣服好了。」

「你看！就是這家。這種 POLO 衫很好穿搭喔。」

三津子竟然在一家賣高爾夫球服的店家停下腳步。看著那件藍底白色直線條的 POLO 衫，遙斗只覺得那是給大叔穿的衣服。

「我不要穿這種衣服。」

「這種衣服才好看。」

三津子認為只要說話強勢一些，遙斗就會讓步。事實上，三津子的經驗法則很正確，一直以來來遙斗都會讓步。

「那這樣，我寧願買包包。」

「咦？可是，你不是說包包隨便就好嗎？」

遙斗後天就要開始就讀鯨崎國中，這所國中的校規意外地鬆，沒有特別指定書包。遙斗本來覺得繼續使用上小學時的運動背包就好，但與其被迫買怪裡怪氣的POLO衫，他寧願媽媽把錢花在包包上。

「現在想一想都上國中了，還在拿小學時用的運動背包很丟臉。」

「可是，沒必要買新的吧？可以去跟哥哥要一個包包啊！」

「爲什麼我都要上國中了，還要用哥哥用過的東西？」

一股怒氣突然從心底湧了上來，連遙斗自己都嚇了一跳。這種感覺讓遙斗回想起感冒時忽然覺得想吐，下一秒鐘就眞的吐出來的記憶。

「媽媽——妳這個老太婆——是瞧不起我是不是？」

遙斗生氣地轉身背對三津子，並走出自動門外。四月初的空氣還帶著一些涼意，遙斗雖然很想穿起拿在手上的夾克，但爲了明確強調自己在生氣，所以就這麼繼續走下去。

「遙斗，你在說什麼？」

聽到三津子的腳步聲跟來，遙斗鬆了口氣。萬一三津子說：「隨便你怎樣吧。」遙斗就輸了。做出用「老太婆」稱呼「媽媽」的舉動，讓遙斗覺得世界變得遼闊了一些。

「妳每次都只會疼哥哥。眞抱歉啊，反正我就是連入學考試都考不好。」

右手邊是一大片寬敞的停車場。雖然大樓頂樓也有停車場，但這一帶的停車場加蓋了屋頂，距離建築物也很近，所以停了很多車。一輛灰色大車與遙斗擦身而過開了出來。對方似乎以爲遙斗是忽然衝出來，而大聲按著喇叭，最後車子開往右手邊的專用車道，往馬路方向駛遠。儘管沒有人行道可走，遙斗還是往專用車道的方向走去。

「等一下！很危險耶！」

三津子的尖銳聲音從後方像一把利刃般，朝向遙斗的背部刺來。不過，遙斗沒有回頭看。尖銳的聲音跟了上來。

「你後天就是國中生了耶，怎麼還像個幼稚園的小朋友一樣在鬧彆扭？很蠢耶。」

「對啦，反正我就是個蠢蛋。都要升國中了，還沒有人願意買新包包給我，還說什麼用哥哥的舊包包就可以，看我在家裡有多蠢！」

「我不是這個意思啊！」

高跟鞋叩叩叩地發出響亮的聲音。遙斗跑了出去，試圖要擺脫高跟鞋的聲音。

「遙斗！」

遙斗越過專用車道跑出馬路後，看見一輛公車慢慢駛近。那是開往金原車

站的公車。錢包裡有三千元，就算公車費再貴，也不可能不夠用。

三津子的大叫聲從遠方傳來。

有三個人在等公車，三人當中的老年人一邊握著扶把，一邊緩慢爬上階梯，讓遙斗焦躁不已。遙斗感覺到媽媽就快追上來，所以膽戰心驚地回過頭看，發現媽媽在距離公車站約三十公尺遠的位置。三津子站在專用車道出口處瞪著遙斗。

活該。遙斗總算滿意了。公車開了出去。遙斗刻意不看向媽媽，選了單人座位坐下來。

前面座位的乘客不停地在用手機，看那樣子似乎是在傳訊息。大和買手機時，遙斗也強烈希望自己有一支手機，但媽媽沒答應，還說：「等你上了高中再說。」雖然那時候遙斗很不甘心，但現在覺得這樣也好。因爲如果有手機，一定會馬上接到電話或訊息。媽媽現在一定後悔地在想「早知道就買手機給遙斗」。這麼一想後，遙斗不禁有些幸災樂禍了起來。

然而，等到高漲的情緒慢慢退去後，遙斗發覺坐上公車一點也不有趣。車窗外只看得見一片遼闊的草地、分散座落各處的住宅，還有來回穿梭的車子。如果是坐上開往鯨崎車站的公車，至少途中還可以看見大海。這輛公車的路線看不到半點會吸引人目光的景色。更慘的是，目的地還是金原市，那個因爲計分錯誤而害我落榜的學校就在那裡。氣死我了……

遙斗愣愣地看著對向車子。看著看著，遙斗發現自己做了決定性的失敗舉動。買完衣服，全家人也各自買好東西後，就會一起去吃飯。五樓的美食街最近剛整修過，新開了迴轉壽司店和蔬菜料理店。

「蔬菜料理店好像不錯吃的樣子。」

三津子這麼提議過，但男生們當然不可能接受，所以照推算今晚應該會去吃迴轉壽司。

到了金原車站後，再搭折返公車回到購物中心不知道會怎樣？可是，來回一趟要花上一個多小時的時間，到時候大家早就吃飽了。被三津子說蠢就算了，遙斗可不想也被爸爸和哥哥恥笑。

不對……遙斗試圖冷靜地分析狀況。大家聽到遙斗不見了，再怎樣也不可能不責怪媽媽吧？爸爸會說：「不知道遙斗跑哪裡去了，哪還有心情吃飯啊！」然後三個人就會直接回家。沒錯，這個可能性很高。

總算抵達金原車站後，天色已逐漸轉暗，急性子的車子已點亮了頭燈。遙斗穿過燈光來來去去的熱鬧公車站，坐上通往海邊的電車。

遙斗沒有繞道地直奔回家，但在彎過轉角看見自己家的瞬間就後悔了。車庫裡沒看見車子，門燈也是暗的。

想到是自己想太多，遙斗忍不住想要狂笑。我都已經不是小學生了啊。如果是在購物中心忽然不見，那還有可能，但是媽媽親眼看到我搭上公車，所以當然會變成「沒什麼好著急的，我們先去吃壽司再回家吧」的狀況。

大家回家後，一定會說：「你在家啊？你有先吃飯才回來的吧？」如果期待大家會可憐我而買壽司回來，只會讓自己變得更蠢。

遙斗決定不回家。乖乖在家裡等太傻了。遙斗也要去找好吃的東西，然後吃得飽飽的再回家。話雖這麼說，遙斗能夠單獨進出的店家也只有威爾而已。遙斗不禁覺得要花上二十分鐘走到車站的路程很漫長。肚子已經餓到不行了。

「我要熱狗、薯條、大杯可樂，還有……照燒雞肉堡。」

平常在外面買飲料時，媽媽總會嘮叨說一定要買新鮮果汁或茶類飲料。遙斗不由地露出滿意的笑容注視著超大杯的可樂。

走上二樓後，發現客人意外地少，遙斗鬆了口氣地走近靠窗座位。啊……好像有人忘了拿走漫畫雜誌。遙斗稍微環視了四周，發現根本沒有人在注意他，於是偷偷把雜誌拉過來。這本雜誌和遙斗平常買的不一樣，是給青少年看的讀物。

心跳加速地翻過前幾頁的泳裝照後，第一篇漫畫是女警的故事。故事裡的事件似乎是從上一集延續下來，所以有很多地方看不太懂，但還是能夠讓人看得入迷。故事裡的女警總是穿得很清涼，每次都穿著胸部快爆開來的襯衫。拜女警所賜，難得點來吃的照燒雞肉堡都快食不知味了。

遙斗發現轉眼間已經過了一個小時，於是把雜誌輕輕推回原本的位置，站了起來。遙斗心想，或許家裡因爲不知道他去了哪裡，正掀起一場小騷動也說不定。

平常要走上二十分鐘的路程，遙斗小跑步只花了十四分鐘就回到家。然而，來到家裡附近後，遙斗再次啞口無言。車子還沒有回來。大家到底跑到哪裡去了？是因爲迴轉壽司實在太好吃了，所以三個人吃得忘了時間嗎？

還是去ㄏㄨㄟˊ ㄧˋ當鋪好了——遙斗忽然起了這樣的念頭。但是，遙斗從來沒有在太陽下山後，走下那座山崖過。

遙斗轉過身打算背對家門時，察覺到一件事。剛剛還暗暗的門燈被點亮了。這代表著雖然沒看見車子，但有人已經回到家了。也就是說，現在的狀況可能是有人在家等待，有人出去尋找遙斗。

這下子可能會被罵得很慘。遙斗從包包裡拿出帽子戴起來。這樣被K頭時，至少不會那麼痛。遙斗打開大門，一大步跳過通往玄關的三段階梯，接著打開房門。

「我回來了——」

遙斗以開朗的聲音說道，刻意營造出什麼事都沒發生過的感覺。

咚！咚！咚！有人穿過客廳走出來。遙斗心想，「一定是媽媽跑過來了。」然而——

「咦？」

遙斗訝異地發出聲音。大和跑了出來，而且鼻子紅通通的。明顯看得出來大和剛剛在哭。大和有這麼擔心我啊？遙斗發愣地這麼想著時——

「你跑去哪裡了？」

遙斗的右臉被用力甩了一巴掌。

「你幹嘛？」

「你還好意思說『你幹嘛』！」

說著，大和又甩了遙斗右臉一巴掌。每次都打右臉，右臉會很腫耶！遙斗本來打算開口抱怨，但看見大和的表情後，把話吞了回去。大和的淚水和鼻水流個不停，整張臉就像忘記關上的水龍頭一樣。

「媽媽她……」

說罷，大和用衣袖擦了擦臉。

「媽媽她怎麼了？」

遙斗迅速轉動腦筋思考著。難道媽媽在大吵說：「我不會再讓遙斗當我們家的小孩了！」可是，過去媽媽也說過這樣的話，那時大和卻是一副事不關己的表情在看電視。

遙斗的心頭忽然湧上一股不安的情緒。

「媽媽她怎麼了？」

大和用手按住了胸口。那模樣像是不這麼做，就擠不出聲音來。

「媽媽被送到醫院去了。」

遙斗瞪著大和看。

「咦？」

「媽媽被車撞了！在停車場，對方肇事逃逸！」

「停車場……？」

遙斗感覺得出來臉上漸漸失去血色。大和用力抓住遙斗的肩膀。

「你既然先回來了，爲什麼不乖乖回家？我們在家裡的答錄機不知道留言留了多少次。爸爸還在醫院，我卻只能回來等你……」

「先不說這個，媽媽被撞了之後怎樣了？在停車場應該速度不會太快，媽媽沒什麼事對吧？頂多骨折吧？」

「媽媽被撞了兩次。」

「咦？」

「撞到後那輛車子倒車回來，把躺在地上的媽媽又輾過去一次。然後，就這樣逃跑了。」

「對方爲什麼要這麼做？」

「警察還在調查。看對方是不是對媽媽懷有恨意。爸爸和我也都被問過話了。警察先生說建築物四周都架設了防盜攝影機，只要稍微調查一下，一定很快就會抓到肇事者……」

「到底是送去了哪家醫院？」

「綜合醫院。除了那裡還有什麼醫院好選？」

「那就趕快啊！」

「趕不趕快都一樣。」

「什、什麼意思？」

大和沒有回答，淚水再次從他的眼中溢出。

遙斗全身失去力量，雙膝用力撞上玄關的水泥地倒坐下來。然而，遙斗一點也不覺得疼。

大和的聲音像加上迴音效果似的從遠處傳來。

「有誰被撞了兩次還能活命的？」

遙斗腦中閃過媽媽在停車場瞪著他看的表情。

＊　＊　＊

地板墊一路從玄關、走廊鋪到客廳裡去。經過葬儀社人員的擺設後，客廳完全變了一個樣。客廳裡放了棺材、掛起遺像，還有菊花做裝飾。

守靈開始後，附近鄰居以及遙斗爸爸服務的鐵路公司的同事們陸續前來弔唁。葬儀社人員在玄關負責接待，等白包累積到一定數量後，就會送到最裡面的和室來。和室裡聚集了親戚以及遙斗的祖父母，矮圓桌上放了三只壽司桶。然而，沒有人拿壽司來吃。遙斗一直發愣地站在和室的門旁邊。

隔著走廊，遙斗看見爸爸在客廳裡堅強地不停和前來弔唁的客人打招呼。

「聽說好像抓到肇事者了啊。」

聽到客人這麼詢問，芋川滿詳細地說明狀況：

「是的，託您的福今天抓到了。肇事者是一個住在金原市的三十七歲男子。聽說他的態度很不講理，說什麼汽車專用道沒有設置人行道，所以根本沒想到會有人。」

「也不能因爲這樣就肇事逃逸啊。」

聽到對方以顫抖的聲音說道，芋川滿的聲音也受影響地變得顫抖，表情隨之扭曲。

「聽說是想要隱瞞前科。」

「前科？」

「他以前似乎也撞過一名女性，並且同樣是肇事逃逸。」

「咦……」

「聽說三津子第一次被撞到時還活著。我太太一向表現堅強，她抬頭看了看車子。我想她一定是想要確認車牌。結果對方發現車牌被人看到，所以倒車回來——」

然後整輛車從三津子身上輾過去，逃跑了；芋川滿說不出這段說明，而是緊緊咬住嘴唇，咬得嘴唇都發白了。看似公司上司的男子抱住芋川滿的肩膀安慰他。

不論是什麼樣的對話，遙斗聽在耳裡都覺得像在責怪他。媽媽是在遙斗跳上公車後立刻被車撞到。雖然沒有一個人開口說「都是遙斗害的」，但也沒有人安慰遙斗說「這不是遙斗害的」。

聽到熟悉的聲音傳來，遙斗往玄關的方向一看，發現是小學時的導師們走了進來。遙斗急忙躲到和室最裡面去。遙斗擔心如果聽到安慰的話語，一定會哭出來。對於老師，遙斗總是表現得很傲慢，所以絕不想讓他們看見弱點。

遙斗在壽司桶前面僵住身子好一會兒後，從動靜中得知老師們走進客廳又離開客廳。遙斗鬆了口氣時，有人輕輕摸了摸他的肩膀。

「小遙。」

遙斗抬起頭一看，發現是外祖母詠子，也就是三津子的母親。外祖母一臉疲憊不堪的表情，但還是勉強想要擠出笑容。看見外祖母這樣的表情，遙斗再怎樣也不好意思擺臭臉。

「什麼事？」

「姊姊們來上香了。她們說有東西要交給你。」

「咦？」

遙斗回過頭一看，看見身穿米白色運動夾克制服的里華和芽依在門口向他輕輕點頭。看見兩人的態度如此客氣，遙斗總不能態度不佳地把「阿姨們」趕回去，所以只好招了招手。

「這次會發生這種事情……眞的覺得很遺憾……我們也不知道該說什麼才好……」

里華吞吞吐吐地說道。

「那是什麼？」

里華拿著紙袋一副很想交給遙斗的樣子，遙斗指著紙袋說道。

「這個啊，這是ㄏㄨˊㄟˋ一ˋ當鋪託給我的東西。」

「咦？魔法師給的？」

「沒錯。魔法師說是馬卡龍。」

爲了不讓周遭的大人們聽見，里華壓低聲音說道。

「魔法師說這是她和松鼠一起做的。她說你應該沒什麼食慾，所以希望你多少吃一點，讓自己有精神一點。魔法師說她做的時候沒有使用魔法，所以就算時間過去，也不會消失。」

「嗯。」

遙斗一邊接過紙袋，一邊看似無意地嘀咕說：

「要是魔法師能夠把時間調回三天前就好了。」

「是啊……那我們先走了喔。」

里華兩人一副很過意不去的模樣離去了。

到了晚上九點，葬儀社人員把大門關了起來。

「接下來的時間就讓你們家屬好好相聚一下。」

聽到葬儀社人員這麼說，遙斗等人移動到了客廳。但是，遙斗不敢靠近棺材。瞥了一眼後，遙斗發現媽媽的表情冷漠，臉色顯得慘白。媽媽一定還在生氣……除了這麼想，遙斗想不到其他可能性。媽媽的人生最後一刻是在對著遙斗生氣的狀況下結束，遙斗鼓不起勇氣跟她說話。

不見蹤影好一會兒之後，芋川滿回到了客廳，懷裡還抱著一只大紙袋。紙袋的手提部位綁著華麗鮮豔的粉紅色緞帶。那緞帶一點也不適合在此刻的場合出現，它怎麼不乾脆變成蝴蝶，飛到別的地方去？

「不瞞大家說，昨天是我們家小兒子的國中入學典禮。」

芋川滿大聲說道。

「眞的啊。」

「是啊……」

原本一直在低聲交談的親戚們輕聲說道。

「難得要開始當國中生卻發生這種事情，我相信三津子比任何人都更不甘心。還有，遙斗才準備展開新生活卻去不成學校，這點也是委屈了他。」

芋川滿重新拿好紙袋後，繼續說：

「到了現在，這變成是三津子送給遙斗的最後一份禮物——」

咦？遙斗屛息等待著接下來的話語。

「這是要給遙斗上學用的運動背包。我是認爲讓遙斗用哥哥大和的舊包包就好了，但三津子說遙斗難得要踏出新的一步，如果用舊包包太可憐了，所以偷偷準備了禮物，並打算在入學典禮的前一天送給遙斗。」

四處傳來啜泣聲，遙斗發愣不動。

「來，遙斗，難得媽媽買了這個，你打開看看吧。」

爸爸招了招手後，遙斗踏出腳步。接過紙袋後，遙斗解開緞帶。粉紅色緞帶沒有變成蝴蝶，而是無力地掉落在地上。

「好酷的包包喔。」

「太好了……太好了喔，遙斗。」

遙斗拿出運動背包後，呼應聲此起彼落。在守夜的這一天，大家臉上第一次浮現了笑容。當中也有很多人是笑中含淚。

遙斗看一看運動背包的正面，再翻過來看一看背面，或是探頭看一看包包內部，反覆做著沒有意義的動作。

一旁的大和開口說：

「starlightz。你以前就說過很喜歡這個品牌的運動背包吧？你看，媽媽都沒有忘記。」

「可是……又沒有人告訴我。」

購物中心的對話在腦海中響起。媽媽之所以會說不要買包包，是因爲已經準備了禮物。我怎麼會知道有禮物？媽媽怎麼會暗地裡準備什麼東西給我……這根本不符合她平常的作風啊！

看見遙斗眼裡第一次浮現出淚水，身旁的阿姨站起來溫柔地抱住了遙斗的肩膀。

「太好了，遙斗。這是媽媽送你的最後一份禮物，要好好珍惜喔。」

不是的。大家會錯意了。大家都以爲我是因爲收到心意十足的禮物，而高興又難過得哭了。不是這樣子的。沒有人知道那時我和媽媽的對話。除了媽媽和我之外，沒有其他人聽到。要是我沒有亂發脾氣、沒有走出自動門……

「我不要。我不要這種禮物！」

遙斗衝出客廳，跑進了和室。

「遙斗。」

大和追了上來。

和室最裡面有一只空的餅乾盒子，遙斗剛剛看見盒子裡塞滿了白包。遙斗毫不猶豫地打開盒子。不知道是誰整理過，盒子裡的白包袋和現金分類得很整齊。遙斗抓起一整疊的萬元紙鈔。

「遙斗，你在做什麼？」

大和擋在和室門口，遙斗一頭撞了上去。這次和小時候在打架時的力道不同，十二歲的遙斗一頭撞上去的力道之猛烈，就像鬥犬撲上前一樣。

「你在幹嘛？」

大和站不穩腳步，並大聲吆喝。叔叔和阿姨們驚訝地從客廳探出頭來看。然而，遙斗快跑穿過了走廊。大家的鞋子排得滿滿的，遙斗找不到自己的球鞋，所以改穿上大和的球鞋。就這樣，遙斗衝出了家門。他一邊心想，「媽媽是不是也是像這樣衝到了車子前面？」

＊　＊　＊

滿月朝向四面八方發出光芒，彷彿在宣告「這片夜空全歸我管」似的。

「掰掰。」

芽依揮了揮手。里華也揮手做出回應。

「明天見。」

因爲芽依也從上星期開始上補習班，所以兩人一起離開補習班，最後在這個路口道別已逐漸成爲習慣。

如果是在平常，互相道別後兩人會各自轉過身，然後朝著不同方向走遠。但是，今天里華走到一半時回過了頭。

「芽依。」

「嗯？」

芽依也回過頭。長約四十公分的辮子就像一條色澤光潤的龍跟隨著芽依，並隨著回頭動作轉了半圈。

「小心車子喔。」

聽到里華這麼說，芽依的表情忽然變得黯然。

「妳也是喔。」

里華知道兩人此刻回想著同一件事情。剛剛去補習班之前，先拜訪了另一個地方。明亮的客廳，面帶微笑的遺照，傷心憔悴的遙斗……

與芽依道別後，里華加快了腳步。里華一邊感受吹在身上的海風，一邊準備走進住宅區時——

「哇啊！」

一個小個子男生以超快的速度衝過來，看見對方就快撞上，里華急忙跳開來。在那種速度下萬一被撞到，就算不至於嚴重到像被汽車撞到，也會和被腳踏車撞到的力道相差不遠。

話雖這麼說，但因爲天色太暗，看不清楚對方是什麼樣的人，所以里華打消了想要大罵「很危險耶！」的念頭。萬一對方突然轉身再次撞上來，那就不好玩了。雖然這裡是一個鮮少發生殺人事件的城鎮，但時而還是會耳聞有人搶劫或闖空門。

里華重新打起精神準備踏出步伐時，這回換成是一名年輕男子氣喘吁吁地跑來。但他沒有像剛剛那個人一樣一溜煙地跑走，而是在里華面前停下腳步。

「呃……不好意思。」

「什麼事？」

里華答道，在昏暗的夜路上被陌生男子搭訕讓她感到毛骨悚然。里華把右手伸進包包裡掏手機。

到了緊要關頭時，要向誰求救才好？如果是在一年前，當然是雪成。但是，雪成的電話號碼和電子郵件信箱早就刪除了。打回家裡嗎……還是打一一九？

「請問、剛剛、有沒有一個、國中生跑過去？」

得知對方是在找人後，里華鬆了口氣地放下手機。里華仔細一看，發現對方是清川高中的學生。本以爲對方穿著黑色上衣，原來是運動夾克制服。

「有啊。」

「我在找遙斗。請問他往什麼方向跑去了？」

「你說……遙斗？」

「啊，不好意思，他是我弟弟。」

方才那名少年的模糊身影鮮明了起來。

「啊！剛剛那個人是遙斗啊？」

「妳認識遙斗嗎？」

「我剛剛還去你家打擾了。我去上香。」

年輕男子聽了，尷尬地摸了摸頭。

「不好意思，因爲有太多人來上香，所以不記得妳。我是遙斗的哥哥，我叫大和。我是清川高中二年級的學生。」

「喔，我是三年級。遙斗他怎麼了？」

「那小子有點危險。」

儘管只有這麼一句含糊的說明，里華還是掌握到了大致狀況。在如此寒冷的夜裡，大和的額頭上卻慢慢冒出汗珠。

「他往海邊的方向跑去了。」

里華沒有指出方向，卻自己往那方向跑去。

「呃……不好意思。」

大和因爲里華幫忙一起找人而感到有些過意不去。察覺到這點後，里華開口說：

「我剛從補習班下課，所以晚一點回家沒關係。這不要緊，倒是你說遙斗很危險是什麼意思？」

「那小子受到了打擊。我在擔心他該不會打算……跳下山崖。」

「應該不是。」

儘管呼吸已經亂了節奏，里華還是斬釘截鐵地說道。這時，濱海公路的三叉路正好亮起紅燈。里華停下腳步喘了口氣，大和也立刻追了上來。

「妳的意思是？」

呼——呼——海浪聲和風聲從一片黝黑的大海傳了過來。

「我猜，遙斗可能是要去ㄏㄨㄟˊ ㄧˋ當鋪。」

里華一邊調整呼吸，一邊答道。

「這麼晚了有可能嗎？」

「遙斗和魔法師感情很好。」

紅綠燈轉爲綠燈。大和猛地跑了出去，又立刻停下腳步確認左右方向。

「我好幾年沒去當鋪了，要從哪裡下去啊？」

「跟我來。」

這回換成里華先跑了出去。里華指著距離停車場不遠處的樹叢說：

「從這裡下去。遙斗肯定已經走下去了。」

「妳怎麼知道？」

來到里華身旁後，大和也明白了狀況。階梯兩旁每隔一公尺左右就放了一枚貝殼。貝殼內部發出光芒，形成宛如間接照明般的朦朧燈光。

「這些應該是魔法師爲了讓遙斗容易走下去而特別放的。」

里華一副熟門熟路的模樣，兩階兩階地開始往下走，大和則是一階一階謹愼地走下階梯。

階梯在中途彎向右方，來到下一個轉彎處時，ㄏㄨㄟˊ ㄧˋ當鋪的建築從樹林之間出現。大和一鼓作氣地加快速度，率先跑了下去。儘管擔心裙襬會被海風掀起，里華還是跟著快跑下去。

大和打開大門後，保持半蹲姿勢的魔法師緩緩抬起了頭。

「大家也都來了。」

看見遙斗無力地躺在沙發上，里華跑近遙斗身邊。

「遙斗！」

少年手中緊握著成疊的紙鈔。因爲握得太緊，紙鈔變得皺巴巴。

「沒關係，不用擔心。遙斗跑得太專注都忘了呼吸，所以有點貧血。」

魔法師這麼說明時，松鼠正好端了花草茶過來。

「這種茶有放鬆效果喔。」

魔法師從松鼠手中接過茶杯，並準備遞給遙斗時，遙斗坐起來用力撥開茶杯，茶杯掉到地上，在地上滾了一圈後靜止不動，但一滴茶也沒有漏出來。

「遙斗！」

大和走近蹲在地上的遙斗，使力按著遙斗的背。遙斗把大和的手用力撥開來。

「還給我……全部還給我！」

里華反問說：

「還什麼？」

遙斗站起身子，把成疊的紙鈔用力甩在桌上。

「這裡有錢！把我典當的所有媽媽的回憶，全部還給我！」

魔法師走到壁爐旁邊，開始取出檔案夾。魔法師從檔案夾裡一張接著一張抽出紙張。不，那些雖然看起來像紙張，但或許並不是紙張。

「啊……」

遙斗叫了一聲。

「怎麼了？」

遙斗沒有理會里華的呼喚。

「啊……」

遙斗又叫了一聲。

「到底是怎麼回事？」

這回換成大和向魔法師問道。魔法師沒有停下手邊的動作，平靜地回答：

「我照著順序在抽出遙斗典當的回憶。我抽出的瞬間，記憶就會回到遙斗的腦袋裡。」

「我想起來了……我明明覺得媽媽幫我做的便當超好吃的，但怎麼會把回憶典當掉……媽媽把我叫到庭院訓話是因爲我偷懶，沒有摺好衣服，媽媽根本沒有錯……」

「遙斗。」

里華的聲音完全傳不進遙斗的耳裡。

「啊……媽媽說只要我幫忙洗碗，就要給我零用錢，所以我幫忙洗了碗，結果打破盤子。因爲媽媽罵我，所以我惱羞成怒再摔破三個盤子。後來媽媽爲了收拾盤子，割傷了手指……」

遙斗的眼裡冒出豆大的淚珠。

「喂！你認不認得我？遙斗。」

「哥……哥？」

遙斗似乎到了此刻才知道大和在現場。兩行眼淚滑過遙斗的雙頰。

「哥哥！」

遙斗撲進大和的懷裡。

「嚇我一跳，我還以爲你又要用頭撞我了。」

雖然嘴裡這麼說，但大和緊緊抱住了遙斗的頭。

魔法師爲了抽出從遙斗七歲第一次來到當鋪、直到十二歲以來的所有檔案，花了二十七分鐘。回憶一個接著一個回來，陷在回憶漩渦裡的遙斗露出茫然的表情走出了大門。大和的手牢牢地扶著遙斗的背部。

里華從窗邊望著石階的方向。成排的貝殼宛如金黃色的軌道往上延伸，並在中途消失不見。兩兄弟並肩往上走。

「妳還不用回去嗎？」

被魔法師這麼一問，里華慌張地說：

「糟糕，我忘了聯絡家裡。」

「我剛剛在問老師問題，現在剛離開補習班。」里華急忙傳訊息通知家人時，松鼠在里華面前也放了一杯花草茶。

唉——深深的嘆息聲傳來。里華以爲是自己在不知不覺中嘆氣而抬起頭，正好看見魔法師再次嘆了一口氣。

「怎麼了？」

「那麼做眞的是對的嗎？」

魔法師一邊說道，一邊看向放在桌上皺巴巴的萬元紙鈔。

「該不會是錢不夠吧？」

「我不會在意這種事情的。」

「那這樣……就應該是對的啊。」

「咦？」

「遙斗一下子來贖回所有回憶，妳或許有些受到打擊，但對遙斗來說，媽媽的回憶一下子多了起來，應該會很開心吧。」

魔法師緩緩地搖了搖頭。

「我不是這個意思。」

「什麼意思？」

「如果用了不同方法，遙斗的母親就不會死了。」

「怎、怎麼一回事？」

「妳還記不記得？雪成的曾祖母曾經遇到車禍。」
「嗯……」
「撞到雪成的曾祖母和遙斗的媽媽的肇事者是同一個人。」
「什麼！」
里華跳了起來。原來坐著也跳得起來啊；里華心裡這麼想時，屁股落在椅墊上並深深陷入沙發。
「我看見可能是雪成的未來時，妳很想知道肇事者是誰。那時我如果說出線索，讓妳轉告警察，遙斗就不需要受到這種遭遇……」
里華不知道應該怎麼回答。魔法師繼續說：
「可是，如果要這麼說，我可以用魔法讓遙斗的媽媽活過來，甚至要殺死那個肇事者也可以。沒錯，只要我有那個意願，什麼事情都難不倒我。」
「魔法師……」
「我一直認為人類是一種不自由的有趣生物。誰叫人類甚至連自己的心也不懂得怎麼控制。魔法師只要有意願，什麼都做得到、什麼都控制得了。可是，有很多選擇不見得是好事。有些事情反而到了事後會很苦惱。」
里華第一次看見魔法師皺起眉頭。里華一直注視著魔法師，此時魔法師第三度嘆了口氣。

＊　　＊　　＊

青藍、土耳其藍、尼羅河藍；每一種形容詞都不對。這片完美的藍色天空究竟要用什麼顏色來形容才好呢？

里華在車站前的書店窗邊，一手拿著剛剛找到的顏色範本書仰望天空。範本書上的所有顏色都有名字，里華把每一種藍色系的顏色和天空一一做了比對。最後，還是天空藍最接近天空的顏色。沒有什麼美麗的名字，直接就是「天空色」。如此平凡的結論讓里華感到失望，她把書本放回書架並走出書店。

星期六的午後時光，小朋友們在車站前面嬉鬧個不停。肉店已貼出打九折的告示，試圖吸引會在週末採買的主婦。

里華正準備前往補習班，她的目光停留在商店街角落的花店。大和出現在深綠色的鋁製招牌底下。花店前面擺放了各式各樣的花朵，大和用手戳著花朵在鑑定新鮮度。前幾天一起在夜裡奔馳時大和是穿著制服，但今天是便服。大和身穿卡其色的成熟服裝，所以看起來不像小里華一歲，反而像是同年，甚至顯得年長。

里華走到了花店前面。

「歡迎光臨！」

花店裡面傳來招呼的聲音，是一名面帶早熟微笑的八歲小女孩。小女孩是這家花店的活廣告。在鯨崎，大家都知道這是由一名單親爸爸獨力扶養女兒所努力經營的花店。所以，儘管購物中心開了一家大型花店，客人還是喜歡來這裡買花。

大和很認真地在挑選花朵，沒有發現另一位客人來到花店。

「你好——」

里華站到大和旁邊打招呼後，大和總算抬起頭。

「啊……呃……學姊。」

「我在學校也有看到你，但是都有人跟你在一起，所以不好意思叫你。」

「上次非常謝謝妳。我是說遙斗的事情。」

聽到大和主動說出遙斗的名字，里華鬆了口氣地詢問：

「我一直很掛念他。後來他還好嗎？有好好去上學嗎？」

「上星期總算去上學了。」

「咦？」

「他一個人在房間裡關了差不多十天。我爸還很擔心他會不會就這樣不出來了。」

「這樣啊……那太好了。」

大和抽出一枝奶油色玫瑰，然後嘟起嘴巴說：

「玫瑰花眞的很貴──」

「你該不會是要……買來供奉的吧？」

「昨天完成了納骨儀式。」

聽到「納骨」兩個字，里華不禁感到畏怯。她還沒有過這方面的經驗。

「雖然現在墳前放了滿滿的菊花，但我媽其實更喜歡玫瑰花。」

「是喔。」

「雖然她最喜歡的是歐芹或香草類這些可以吃的植物，但總不能在墳前供奉歐芹吧。」

雖然知道大和可能是刻意在說笑，但里華還是克制了笑意。

「可是，我很缺錢，所以只買得起兩、三朵玫瑰花。」

大和這回換成抽出粉紅色玫瑰，並哈哈笑了兩聲，然後忽然露出認眞的表情說：

「學姊，妳以前經常和遙斗聊天嗎？」

「呃……也沒有很常啦。不過，我們在當鋪見過好幾次面。」

「我已經好幾年沒有好好跟那小子說過話。我們兄弟相差四歲，彼此的朋友和喜歡的東西都不一樣。」

「嗯。」

「所以，我不知道要跟他說什麼，才能夠讓他振作起來。不知道爲什麼，他和媽媽一直處不好，所以現在才會這麼後悔吧。」

「唔……」

「我要跟他說什麼比較好？妳有沒有什麼建議？」

里華注視著長壽花的盆栽。長壽花的形狀和魔法師栽種的花朵很像。不過，長壽花不會像魔法師的花一樣會嘆氣，並且散發出香甜氣味。沒錯，魔法師只存在於那個空間。

「比起我，我覺得魔法師更有可能說出有幫助的話。不過，遙斗一定不會想再去ㄏㄨˊㄟ　ㄧˋ當鋪了……」

「那個魔法師眞的有那麼值得依賴嗎？」

「魔法師的周遭其實有很多我們眼睛看不到的東西。好比說，魔法師會把

被大家捨棄的回憶變成海星的形狀，再沉入海底。我們平常就算會看海，也不會發現這些東西，對吧？不過，其實回憶就存在大海裡。」

「是喔……」

「如果魔法師也讓遙斗看見這些東西，或許遙斗就能夠抱持著樂觀的想法了。」

「樂觀？」

「或許他會覺得媽媽其實還在附近，只是看不到而已。」

「這很難說吧……我自己也搞不太清楚。」

里華從屋簷下指向藍天。天空的顏色變得比剛剛更深，感覺上甚至帶有光澤。只要伸長手臂，然後用手指戳一下天空，搞不好會流出深藍色黏膠，把這片屋頂染成藍色。

隨著里華指出的方向，大和也把視線往上移。

「不只是晚上，其實在白天，天空中也會有數不清的星星在閃爍。只是我們看不見而已。」

「嗯……」

「就算眼睛看不見，還是存在著。我真的有這種感覺。不過，我不大適合說這種詩情畫意的話倒是眞的。」

「沒那回事喔。」

大和把兩枝玫瑰花高高舉向天空。

「媽媽——這是我和遙斗喔！妳看到了嗎？」

說罷，大和急忙縮回手環視四周一圈，然後發出「嘿嘿」的笑聲。

「糟糕，我剛剛的動作太古怪了。」

大和一邊說：「請幫我包起來。」一邊把玫瑰花交給小女孩後，轉身面向里華。

「我打算帶遙斗去一次ㄏㄨㄟˊㄧˋ當鋪。」

「咦？眞的嗎？」

「雖然記不太清楚了，但我好像也典當過幾個回憶，所以要去贖回來。」

「喔，這樣也好。」

「搞不好裡面有媽媽或遙斗的回憶也說不定。要是那些回憶變成了海星，那就糟了。我會叫遙斗陪我去的。」

「嗯，如果是和哥哥一起去，或許遙斗也會想去吧。每次在當鋪遇到遙斗時，他總是很開心的樣子。」

揮揮手道別後，里華拿出手機傳起訊息。

「芽依，等一下借我抄筆記喔！我今天補習會大遲到！」

接著，里華朝向濱海公路走去。打從那天起，魔法師的表情一直開朗不起來，所以里華想要早一刻告訴她。

7

從東京搭上新幹線坐了兩個半小時後，里華在縣政府的車站下車，馬上有一種「回到自己地盤」的感覺。從這裡再乘坐七十分鐘的特快電車來到金原市後，可說是完全回到了熟悉的地方。高中畢業之前，金原市是假日才會來遊玩的大都市，但看習慣東京那成群的高樓大廈後，金原市也就變成了相當友善的城市。這裡的圓環設有噴水池或藝術品、長椅等設備，但在東京，這樣的車站已不多見。

轉搭電車前往鯨崎車站之前，里華有一個約會。里華在位於車站大樓五樓的書店一邊看雜誌，一邊等人。她拿起了當地雜誌《*Windy Street*》來閱讀。

里華到東京讀大學到現在才不過一年八個月而已，雜誌最前面的蛋糕店特輯都已經是一些陌生的店家。

「里華。」

芽依從後方輕輕拍打里華的肩膀。

「妳這個東京人，比暑假時看到的樣子更時髦了嘛。」

雖然芽依這麼說，但她自己也穿著藍色和紫色小碎花的束腰上衣，搭配顏色亮麗的紫色毛線褲，外面披著寬鬆的淺灰色針織外套。

平常在東京的學生宿舍時，里華總是一身運動服打扮和學姊們打鬧。比起里華，就讀當地人氣短期大學的芽依，或許對時尚還比較敏銳。里華穿著簡約風格的針織毛衣搭配牛仔褲以及黑色夾克，這身服裝讓她不禁有點後悔。里華心想，「雖不算是凱旋歸國，但回來老家時，或許要更重視裝扮比較好。」

不，沒關係的。這次是有事情才回來，根本沒有必要打扮；里華這麼告訴自己。

兩人就這麼進到車站大樓裡的咖啡店，一直聊著高中同學的近況。因爲有八成的同學留在當地，所以芽依的話題比較多。不過，對於到東京的幾個同學，里華也能夠詳細說明近況。高中畢業之前明明不太會意識到老家所在的縣市，但去到東京後，大家很快就組成「同鄉會」，並熱鬧地聚集在一起。即使沒見過面，只要是來自相同縣市的人，就會心生一種能夠信賴對方的感覺，如果是同樣來自鯨崎的人就更不用說了，那簡直就像盟友一般。

不過，今天互換情報之間，並沒有出現雪成的話題。與其說是刻意避開話題，其實是兩人都不知道雪成的近況。因爲雪成去了遙遠的關西地區。

交換過近況後，芽依開口詢問：

「妳唸的大學也會放秋假嗎？啊！妳去年秋天沒有回來喔？」

里華急忙揮揮手說：

「沒有、沒有。我們大學才不可能放秋假呢，哪有這種好事。不過，現在正好是校慶期間，從十月三十日開始爲期一個星期。籌備期間和正式校慶之間會放假。」

「眞的嗎？這麼忙的時期妳還跑回來，沒關係嗎？社團呢？」

「嗯，我退出了。」

「是喔……」

「因爲剛好是我的生日，所以就想說回老家一趟好了。」

「嗯，我沒有忘記喔。妳後天生日吧！妳時間ＯＫ的話，那天晚上要不要

一起吃飯？」

「對不起喔，我那天就要回東京。明天晚上家裡又要幫我慶祝……」

「是喔。也對啦。那明天傍晚呢？我已經買好禮物要給妳。」

「咦？真的嗎？」

「是啊，我生日時妳不是也有送我嗎？謝謝妳。」

「芽依學姊！請告訴我滿二十歲的感想！」

看見里華低下頭說道，芽依笑得東倒西歪，燙成鬈髮的光滑長髮也隨之大幅度波動。

「別鬧了啦，還叫我學姊哩。我們生日才差一個月而已耶。不說這個了，妳們家人的感情真的很好喔，到現在還會大家一起慶祝生日。妳還特地從東京回來。」

里華拿叉子叉起藍莓塔上面的藍莓送進嘴裡後，搖搖頭說：

「不是這樣子的啦。我爸媽也沒多歡迎我回來，還說什麼反正寒假還會回來，要我不要這麼常回家。我是說真的。」

「是嗎？」

「只是……我想要再見她一面。在滿二十歲以前，再見魔法師一面。」

「咦？」

「明天我要把握最後一天，去一趟ㄏㄨㄟˊ ㄧˋ當鋪。過了二十歲以後就不能再去了。」

「呃……」

芽依偏著頭好一會兒，一直看著掛在牆上的圖畫，然後看向里華說：

「我忘記ㄏㄨㄟˊ ㄧˋ當鋪是什麼了。」

「咦？就是那個啊，山崖下的小房子。」

「山崖下的房子……呃……妳是說像祕密基地的地方？」

芽依不是在裝傻想要對里華吐槽，明顯看得出來她很認真在回想。芽依稍微聳起肩膀的舉動能夠證明她是真的想不起來。芽依的模樣彷彿在說她覺得很過意不去，對於里華一副理所當然地說出來的名字，她卻完全想不起來。

里華急忙補救似的說：

「沒事。呃……對了，就是參加文藝社時有過的小點子。」

「有過這樣的點子嗎？」

芽依仍努力地想要回想起來。

「抱歉，我去上一下廁所。」

里華按捺不住地離開了座位。走出咖啡店後，里華往左手邊走去，好讓自己能夠暫時離開芽依的視野。百元店前面有一家三百元店，廁所就在三百元店的最裡面。不過，里華沒有走進去，而是在廁所前面的長椅坐了下來。

里華早就知道滿二十歲後，不能再去ㄏㄨˊㄟ　ㄧˋ當鋪。她也知道典當的回憶將無法贖回。但是，里華完全忘了關於當鋪的回憶本身也會全部消失……

芽依和里華在放學後一起去拜訪當鋪、一起喝松鼠泡的花草茶；這一切的回憶都已經從芽依的記憶裡消失不見了。

手機震動了起來。是芽依打來的。

「妳沒事吧？是不是不舒服？」

里華察覺到自己離開太久，而急忙站起來。

里華曾經對芽依說：「妳願意當我的朋友嗎？」但芽依也不記得那一瞬間了。這麼一想，儘管心裡明白必須趕快回去咖啡店，里華卻覺得腳步如此沉重。

＊　　＊　　＊

石階彎向右方後，階梯的高低差會變大，再彎向左方時，會有三根豎起的竹子用來取代扶手……就算閉著眼睛，應該也能夠走下石階。一鼓作氣地跳下最後三階後，里華回過頭看。紅葉和黃葉從上方飄落下來。不過，有別於街上看到的行道樹，這裡的樹葉不論過了多久都不會掉落到地面。數不盡的樹葉如成群的蝴蝶般，在岩石上方、在海浪上方輕飄飄地不停飛舞。

里華在ㄏㄨㄟˊ ㄧˋ當鋪的招牌前面停下腳步，直直注視著招牌。儘管知道拍不到招牌，里華還是有股衝動，想要用手機把它拍下來。

里華察覺到蕾絲窗簾後方有動靜而看向窗戶，發現松鼠從窗簾後方跑開。松鼠是跑去煮開水了，因爲要招待里華享受最後的下午茶時光。

進到屋裡，魔法師正準備在壁爐裡點火。魔法師身穿以白色蕾絲鑲邊、天鵝絨材質的長禮服，外面套著淡粉紅色百合花圖樣的圍裙。綁在頭上的頭巾同樣是粉紅色。

木柴發出劈哩啪啦的聲響燃燒著。桌上的大盤子上盛著鬆餅和司康。

「咦？有客人要來嗎？」

里華詢問後，魔法師回過頭說：

「是啊。」

「誰要來？」

「妳。」

聽到魔法師這麼說，里華不禁覺得不能像平常那樣在屋子裡到處走動，而輕輕地把包包放在凳子上。

「可是，我沒有事先說今天要來啊。」

「是啊。妳都到東京去唸大學了，我以爲妳不會再來了。不過，我還是準備了點心。」

說不定在過去，魔法師也曾經像這樣等待過某些人，並且內心期待著某人會在十九歲的最後一天來見她。會不會每次等到天色都暗了，還是沒有人前來？到最後，魔法師在夜晚和松鼠吃著沒派上用場的司康；這般景象浮現在里華眼前。

里華若有所思時，魔法師往走廊走去。洗了手後，魔法師一邊用毛巾擦手，一邊走回來說：

「交到新男朋友了嗎？」

「我一來就問這麼勁爆的問題啊？」

里華微微露出苦笑搖了搖頭。

「哪有那麼簡單，說交就交。」

「人類不是如果沒有其他人陪伴在身邊，就會很寂寞的生物嗎？」

魔法師一邊說道，一邊幫里華把鬆餅分到小盤子上。
「有蜂蜜、楓糖還有果醬，看妳想吃什麼。」
「我要楓糖。」
「好，請享用。」
里華咬了一口鬆軟而且還熱呼呼的鬆餅。
「人類可以分成兩種，一種人可以忍受獨處，另一種人不行。我大概是屬於可以忍受的那一型。不過，不知道這樣是好或壞就是了。」
說罷，里華一邊苦笑，一邊再咬了一口鬆餅。糖漿的甜度正好緩和了里華不小心說出口的苦澀話語。因爲糖漿而得到力量後，里華試著繼續說：
「我愈想愈搞不懂。」
「怎麼了？」
「雪成在分手時說的那些話，我想了好幾遍。」
「雪成說了什麼？」
「他說，如果人一生中會遇到唯一的眞正對象，並且和對方結婚的話，在那之前交往的人都是一種練習。」
「是喔。」

「我是雪成的練習對象，雪成也是我的練習對象。」

繼續說下去之前，里華先喝一口花草茶潤潤喉。今天是香茅和洋甘菊的綜合花草茶。

「如果是這樣，那要如何知道誰是眞正的對象？遇到對方的瞬間，會有感覺嗎？會知道這個人絕對是我的眞正對象嗎？」

與其說是說給魔法師聽，里華有一半已經像是在自言自語。

「就算眞的有『這個人可能是我的眞命天子！』的感覺，還是會吵架或交往得不順利，或是出現很多很多狀況吧？搞不好還要忍受遠距離戀愛呢。這麼一來，會不會像我和雪成交往時那樣，早晚會有分手的一天？『這個人是我的眞命天子，所以不管發生什麼事都不會分手』；會有這樣的預感嗎？」

「一定會知道的。」

魔法師微笑說道。如同長禮服的天鵝絨材質般，魔法師的微笑也像天鵝絨般柔順。

「怎麼會知道？」

「就算分開四年都沒見過一次面，只要感覺沒有改變，那個人就是你的眞命天子。」

「四年。」

里華利用手機的筆記本功能寫下筆記。寫歸寫，搞不好明天二十歲一到，連這個筆記內容也會消失不見。

「爲什麼是四年？」

「妳想想喔，不是有很多諺語都和三有關嗎？像是『如隔三秋』、『入木三分』之類的。」

「確實是很多沒錯……所以呢？」

「三這個數字是一個很大的區隔。所以啊，超過三變成四以後，就會穩定下來。一定沒問題的。」

「什麼跟什麼嘛！」

里華動作誇張地往後仰，倒在沙發椅背上。

「虧我還這麼認眞地聽妳回答，眞是的！妳這樣根本就是在玩文字遊戲嘛。跟妳說喔，每個國家的諺語都不一樣。雖然日本有很多跟三有關的諺語，但其他國家應該不同。這部分妳要怎麼解釋呢？」

「不知道。因爲我是日本的魔法師。」

魔法師輕笑一聲，並眨了眨眼。

「眞是的。虧我想得那麼認眞，眞像個笨蛋。」

爲了找人出氣，里華試圖抓住不知何時跑進屋子裡來的小白貓，但小白貓像具有彈性又滑溜的QQ糖一樣弓起背，從里華手中滑了出去。小白貓就這樣動作輕盈地跳上坐在搖椅上的魔法師膝蓋。

「剛剛的就算是在開玩笑吧。」

聽到魔法師的話語後，里華刻意讓頂在膝蓋上的手臂滑了一下。

「開玩笑？我還寫了筆記耶！好失望喔。」

「事實上應該更單純吧。」

「咦？」

「我是說尋找眞命天子的方法。」

「更單純是什麼意思？」

「不會變成回憶的對象，就是眞命天子。」

「不會變成回憶？」

「不會變成『我曾經喜歡過他』的對象。不會讓妳懷念過去那段日子眞美好的對象。不論經過多少年，還是很喜歡對方。能夠一直保持進行式的對象，就是眞正重要的人。」

「原來如此……」

里華站起來往窗邊走去。不知道爲什麼，唯獨今天沒看見蝸牛。里華原本想在這最後一天，摸摸蝸牛的殼跟牠們道別的。

「希望未來有一天能夠遇到這樣的對象。」

「是啊。」

里華自身也從未有過的想法忽然脫口而出：

「要是魔法師是男生就好了。這麼一來，我——」

「咦？」

魔法師露出傻眼的表情，原本翹著二郎腿的雙腳也鬆懈地解開來。縮成一團在睡覺的貓咪滑落到地上，一副彷彿在說「太過分了！」的表情，往房間角落逃去。

里華慌張地揮動雙手說：

「沒、沒有啦。我的意思不是說不滿意妳是個女生。」

魔法師站起來，然後轉過身子走出房間。

「糟糕……我惹她生氣了嗎？」

里華對著小白貓說話，但小白貓依舊一臉憤慨的表情，似乎不願意聽里華

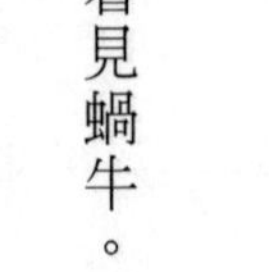

說話。

里華心想，「是不是要追進去裡面的房間比較好？」五分鐘、十分鐘過了，魔法師還是沒有走出來。如果是在平常，或許可以抱著「沒關係啦」的心態，就這麼回家去。但是，這次沒有明天。里華不能夠就這樣和魔法師告別。

「喂……」

里華對著走廊呼喚魔法師。忽然間——

「什麼事？」

一個粗獷的聲音傳來，里華吃驚地往後退。

走廊盡頭的房門打開來，一名男子走了出來。男子的身高差不多有一百九十公分高，眼珠是藍色的，鼻子直挺挺地向上延伸。最引人注目的地方是，男子的下巴很寬，而且十分方正。男子身穿燕尾服，搭配亮晶晶的黑色皮鞋。頭髮像綠色混上灰色的顏色，而且分邊分得很整齊。

「呃……妳該不會是……」

里華低著頭抬高視線，一副戰戰兢兢的模樣問道。

「魔法師？」

「是啊。」

那聲音聽起來不像男高音，感覺比較接近男中音。魔法師抬頭挺胸地走過來。

「魔法師心目中的男人是長這個樣子啊？」

里華一邊看著插在胸口口袋裡的暗紅色玫瑰花，一邊花了好大工夫才忍住笑意。

「很奇怪嗎？」

「是不會奇怪啦，只是……妳剛剛說自己是日本的魔法師，但這樣子完全像個外國人吧。」

如果硬要舉例，有時候看電視轉播世界盃足球賽時，會看到德國的後衛就是這種長相。不過，頭髮絕對不可能是這種顏色。

「因爲妳說如果我是男生就好了，所以人家——不對，所以我就變成想像中的男生給妳看。」

「謝、謝謝。可是，妳可不可以變回來？如果妳一輩子都這個模樣，來當鋪的小朋友們應該會很疑惑。」

「妳放心。魔法師可以變成任何模樣呢。」

不知不覺中，魔法師說話時的語氣已經恢復成平常的樣子。聽到粗獷的聲

音說「任何模樣呢」，里華不禁覺得更加好笑。不過，這樣的歡樂時光也只剩下今天而已。

里華緊緊地握住了魔法師的手，感受那關節突出的手指，以及血管隆起的手背。

「怎麼了？」

里華沒有回答，而是把臉貼在魔法師寬大的胸膛上。因爲魔法師的個子太高，所以正確來說，應該算是貼在腹部上方。

「怎麼了啊？」

魔法師一邊用低沉的聲音輕聲說道，一邊把雙手繞到里華背後。

「我不希望再也不能見到妳。」

或許正因爲魔法師換了模樣，里華才能夠做出這樣的舉動。如果是六年來直到剛剛都還看到的熟悉模樣，里華一定會害臊得不敢主動握緊魔法師的手。

「爲什麼過了二十歲就不能見面？」

「還有什麼爲什麼……」

剛剛明明還一直控制不住笑意，現在卻是控制不住淚水。看到里華快要哭出來的模樣，魔法師她——不對，這個高大男子會覺得有趣嗎？還是會覺得無聊？

里華把手伸進口袋裡摸索。然而，在這種時候往往會忘記帶手帕。

「請用。」

男魔法師從口袋裡掏出手帕遞給里華。這麼快就變身完成，竟然連手帕這種小道具都準備好了。那是一條白底紅黑條紋的手帕。里華故意把鼻涕擦在手帕上。

「到了明天，我記憶裡所有和ㄏㄨㄟˊ ㄧˋ當鋪有關的回憶，眞的都會消失不見嗎？」

「是啊。」

「這樣不會太過分嗎？某種涵義上，這根本是偷竊的行爲，不是嗎？」

「咦……？」

里華保持把臉貼在魔法師胸膛上的姿勢提出抗議。

「本來就是啊，我到最後都沒有典當過半個回憶耶。我在這裡和妳見面或聊天，都是我自己的回憶耶。妳不應該拿走我這些回憶吧？」

魔法師一直保持沉默，沒有回答。里華猜想魔法師可能生氣了。

「妳回答啊，我說錯了嗎？」

里華反而先做出了生氣的反應。

「第一次有人這樣跟我抗議……」

男魔法師用手指來回搓著長下巴，陷入了沉思。

「大家上了高中後，大部分都不會再來這裡。然後，到了二十歲時，甚至都忘了自己曾經典當過回憶。所以，應該沒有一個人會因爲有關當鋪的記憶完全消失而感到不滿。」

「反正我就是一個很不乾脆的女生。」

里華鬧彆扭說道。

「不過，我一開始會這麼決定，還是有原因的。大人會因爲立場不同而改變想法，不是嗎？我相信有的大人也會認爲拿錢交易回憶很要不得，要是他們覺得應該把這種當鋪弄垮，而衝到山崖下來，我會很難繼續在這裡生活下去。其中說不定也會有大人來要求我借錢給他。所以，我才會定下『過了二十歲就忘記當鋪』的規定。這麼一來，就不會受到打擾，我也就能夠永遠收集有趣的回憶了。」

「或許是這樣沒錯，但是我——」

「如果允許一次例外，就會沒完沒了。」

「妳別說這種官員會說的話好不好？」

「是很像官員會說的話。」

小白貓穿過兩人身旁，爬上階梯往閣樓走去。

「我們也上去吧。」

說罷，男魔法師一副快要被卡住的模樣爬上了狹窄的階梯。里華也跟在他後頭。

從閣樓走出陽台後，黃葉和紅葉依舊如成群的蝴蝶般到處飄動。不過，里華沒有讓這幅景象分散注意力，努力尋找著反擊的線索。

「魔法師，妳該不會……」

「什麼？」

「妳該不會一直在說謊吧？」

「咦？」

「妳說只知道有趣和無聊的感覺，其實是騙人的吧？」

「咦？」

「妳是魔法師耶，不可能沒有人類擁有的情感。喜歡、討厭、開心、寂寞，這些情感其實妳都有。」

「沒那回事——」

「兩年半前，妳因爲遙斗媽媽的事情很煩惱。那也是因爲妳喜歡遙斗，因爲妳不想傷害遙斗。」

「那是因爲——」

「妳自己以前不是說過嗎？妳說：『我是敏感的怪物。』」

「我才沒有這樣說過呢——」

一個高達一百八十五公分左右的大男人不停揮著手。

「妳說過。」

「我沒這麼說過。我是說：『我是集結敏感於一身的生物。』」

「是嗎？」

「是啊。」

被形容是敏感的怪物似乎讓男魔法師很不高興，他生氣地轉過身注視著大海。海鷗在眼前盤旋而去。看見海鷗背上載著三隻蝸牛，里華的眼珠子都快掉了出來。蝸牛們在做飛行遊覽。原來不是只有打掃窗戶，牠們也有玩樂的時間！六年來不知道來了當鋪多少次，里華第一次發現這個事實。

不過，不能老是被分散注意力。重要的事情才說到一半而已！

「不管是怪物還是生物都可以。總之，我想說的是，妳在說謊。雖然妳說滿二十歲後就要拿走回憶，是因爲擔心有可能難以在這裡生活，但事實才不是這樣。假設大人來抗議些什麼好了，到時妳只要用魔法一定會有辦法解決。妳不可能需要擔心因爲被人類追殺，而不得不逃離這片海岸。」

「如果是這樣，妳認爲我爲什麼要這麼做？」

「因爲妳怕自己總有一天會被忘記，對吧？妳覺得與其被人遺忘而獨自留在海邊，不如自己先說再見。」

男魔法師什麼也沒有回答。不過，里華看見他握住扶手的手指似乎加重了力道。

「不過，魔法師，我有自信不會忘記。」

里華加重力道重複一遍說：

「不管去到哪裡，都不會忘記。我怎麼可能忘記這麼重要的回憶？」

「可是……」

男魔法師總算開了口。

「人類總有一天會死去。」

「咦……？」

「人類會死去，然後消失，不是嗎？」

「可是，那會是很久以後的事情啊。話說回來，搞不好會來得很早也不一定喔。」

「人類活得最久，頂多一百二十年左右吧？」

「嗯……」

「我要在這個世界待上好幾萬年，搞不好幾十萬年。時間漫長到都回憶不起來。」

男魔法師總算轉過身直直注視著里華的臉。圓圓的深邃藍色眼珠發出了紫色光芒。

「人類會在轉眼間消失。」

「我覺得妳還沒有了解這世界的一切。」

里華斬釘截鐵地說道。

「咦？」

紫色眼珠恢復成藍色。

「人類死後，不會就這樣結束。人類會抱著回憶守護在這個世界好一段時間後，才前往下一個世界。我說的不是絕對，而且誰也無法證明這點。但是，我相信會是這樣子的。還有，前往下一個世界時，我也一定會把有關魔法師的回憶帶著走。我會再來找妳的。」

藍色眼珠似乎泛起了淚光，里華趕緊別開視線。魔法師的眼神似乎在告訴里華，「那是不可能的。」

「我要回去了喔。」

里華輕快地走下階梯。沒有腳步聲追來，也沒看見松鼠的身影，蝸牛也還在海鷗背上。來到空蕩蕩的客廳，里華拿起放在凳子上的包包後，打開了大門。里華有股想要回頭再看屋內一眼的衝動。不過，她不用看也記得所有景象。

走出門外一步後，里華驚訝地停下腳步。這棟房子明明是蓋在岩岸上，現在岩岸不見了，變成了一片沙灘。而且，只要仔細一看，會發現沙子全是細細的玻璃顆粒。在夕陽照射下，每顆沙子都發出彩虹般的色彩。一顆顆光粒混合後，把沙灘染成一片金色。原來如此，在魔法世界裡，紅橙黃綠藍靛紫全部加起來後，就會變成金色啊。

里華先走了出去，才看向屋頂。魔法師雙手搭在陽台的欄杆上，俯視著里華。魔法師不知道什麼時候去換了衣服，或許也根本沒必要換衣服，只要施一下魔法就能夠解開吧。魔法師穿著原本穿的長禮服套上百合花圖樣的圍裙，一

邊讓銀色波浪鬈髮隨風搖曳，一邊直直注視著里華。

如同高中棒球選手在甲子園輸球時，會抓一把球場上的沙子放進袋子裡帶走一樣，里華也很想把這些閃閃發光的沙子帶回家。不過，里華沒有這麼做就爬上石階，爬到石階緩緩彎向右方的位置。這裡是最後能夠眺望ㄏㄨˊㄟ ㄧˋ當鋪的地方。

里華回過頭看。

魔法師仍看著里華。

兩人的視線交會。

如蝴蝶般飛舞的黃葉和紅葉，一齊靜靜地、慢慢地飛落到如玻璃藝術品般璀璨的沙灘上、海面上。

＊　＊　＊

晚上，里華的爸媽在家裡幫她辦了一場小型的慶生派對。

「預祝會在老家辦，正式慶生會在東京辦啊？很精明嘛——」

聽到媽媽挖苦的話，里華一邊暗自心想「明年我絕對不會回來的」，一邊拿叉子叉起蛋糕上的草莓。

爸爸沒有吃蛋糕，而是獨自喝著啤酒。爸爸說：

「對了，妳就要滿二十歲了，應該可以喝啤酒了吧？」

在爸爸的勸酒下，里華一口氣喝光一杯啤酒。

「里華，妳還好吧？整張臉紅通通的。」

雖然早就隱約感覺到了，但沒想到眞是如此，里華似乎是遺傳了媽媽不擅喝酒的體質。她就這麼倒在沙發上。

「都快二十歲的人了，怎麼還跟小學的時候一樣，在沙發上睡覺？」

媽媽的抱怨聲音變得好遠好遠。

* * *

因爲很想上廁所，所以醒了過來。有好一會兒時間，里華還搞不清楚自己身處何方。

不久，里華終於明白這裡是一片黑暗的客廳，而她自己是呈現「く」字形躺在沙發上。里華覺得腰部有點痛，可能是沙發的彈簧太老舊，導致身體的重量完全壓在背脊上。

里華坐了起來，因爲自己完全沒有夢到魔法師而感到失望。還說什麼投胎

轉世後也不會忘記的大話，才隔了一天就連殘影也沒看到，這樣怎麼行……

上完廁所後，雖然已經太晚，里華還是刷了牙。時鐘指著凌晨三點零四分，現在上床繼續睡，還能夠足足睡上四、五個小時。

里華明明知道要小聲一點免得吵醒父母，卻不小心讓牙刷從嘴裡滑落。牙刷撞上洗手台，輕輕發出「鏘」的一聲。

里華察覺到了。

她沒有忘記。

日期明明已經過了一天。

里華還記得ㄏㄨㄟˊ ㄧˋ當鋪——

＊　＊　＊

這天是文化節，爸爸也放假，所以早餐吃得很悠哉。不僅如此——

「妳當客人只能當到昨天。」

在媽媽的公告下，里華吃完早餐後，洗了碗盤，也打掃了浴室。

直到接近中午時刻，里華才踏出家門。在北風吹拂下，里華朝向海邊前進。岸邊掀起白浪，天空籠罩著烏雲。昨天還是一片湛藍的大海，今天卻變成截然不同的灰色。里華一邊望著這般景色，一邊持續向前跑。

我還記得！這裡是入口，然後要走這條石階下去。

里華第一次挑戰以三階的間隔，極速衝下石階，膝蓋不停顫抖著。彎向右方，再繼續往下走，到了下一個轉彎處就會看到ㄏㄨㄟˊ ㄧˋ當鋪的屋頂——

里華停下了腳步。

眼前只看見大塊大塊的黑色岩石，以及隔著大海佇立不動的鯨島，就這樣而已。那棟被形容成像蛋糕店的黑醋栗慕斯蛋糕的建築物，完全不見蹤影。

「妳站在這裡做什麼？」

聽到身後傳來聲音，里華驚訝地差點在石階上踩空。里華失去平衡時，兩隻肌肉結實的手臂迅速抓住了她。

「抱歉，謝謝。」

「不客氣。」

對方是遙斗。爲了抓住里華，遙斗把 starlightz 的背包丟出去。他撿起包包，拍了拍上面的沙土。

「遙斗，好久不見。」

「好久不見。」

都到了秋天快結束的季節，遙斗整張臉晒得黝黑。

「你有在運動啊？」

「我還在踢足球。雖然現在已經退出了，但還留在球隊裡指導學弟。」

「你好像變得不一樣了。」

「是嗎？」

「以前明明還會叫我阿姨的。我現在變成大學生了，還以爲你會叫我『老太婆』呢。」

「對不起。」

遙斗一副靦腆模樣地稍微低下頭。

「你已經國三了吧？現在還會來當鋪啊？」

遙斗沉默了一會兒後，回答說：

「自從我媽死了以後，我再也沒有典當過回憶。」

「這樣啊。」

「不過，如果突然不去，魔法師應該會很寂寞，所以偶爾會去一趟。事實上，最近因爲社團活動和準備考試變得很忙，所以沒什麼時間去找她。」

「嗯。」

「不過，今天是魔法師叫我來的。她說無論如何今天一定要來。」

「眞的啊？」

「魔法師說什麼『以後一定會變得很無聊』。也不知道她在說什麼。」

以後一定會變得很無聊……里華反芻著這句話時，遙斗繼續說：

「妳也是被魔法師叫來的嗎？」

對喔，遙斗還不知道我已經滿二十歲了。里華搖搖頭說：

「不是，我只是來看一下而已。」

「咦？都來到這裡了，妳不進去當鋪啊？我不會在意有其他人在——」

「喔，我不是在客氣啦。對了，可不可以幫我傳話給魔法師？」

「可以啊。要說什麼？」

里華仰望著天空。厚厚的雲層撥了開來，藍色的天空露出臉來。再次把視線移向遙斗後，里華開口說：

「可不可以幫我跟魔法師說『謝謝』？」

「『謝謝』。就這樣？」

「還有，幫我說『下輩子投胎轉世時，我要當魔法師。』」

「什麼東西啊？好怪喔。」

模樣。

遙斗露出不懷好意的笑容。里華從笑容中窺見到記憶中遙斗小學生時候的模樣。

「我會這樣轉告魔法師的。」

遙斗輕快地跑了出去。不愧是足球隊隊員，遙斗展現出矯捷的身手，四階四階地往山崖下衝去。里華朝向遙斗衝去的方向看去，卻只看見光禿禿的岩石。等遙斗到了那裡時，說不定房子會忽然出現——

儘管有這樣的預感，里華還是沒有目送遙斗到最後，就開始爬起石階。

里華覺得自己不應該看。

這次真的不會再有機會走下山崖了。

里華踏出堅定的腳步，一步一步往上爬。

國家圖書館出版品預行編目 (CIP) 資料

回憶當鋪 / 吉野万理子作 ; 林冠汾譯 . -- 二版 . -- 新北市 : 博識圖書出版有限公司 , 2022.11

面 ;　公分

十週年紀念版

ISBN 978-626-96481-4-6(平裝)

861.57　　111015221

FN043

回憶當鋪（10週年紀念版）

定價 320 元
2022年11月 二版第一刷

作者 吉野万理子
譯者 林冠汾
繪者 左萱
責任編輯 鄭亦筑・蔡易伶
總編輯 陳瑠琍
主編 黃炯睿
資深編輯 顏秀竹
編輯 黃婉瑩・蔡若楹
美術設計 嚴國綸
行銷企劃 李皖萍・楊詩韻
出版者 博識圖書出版有限公司
劃撥帳號 19599692・博識圖書出版有限公司
總代理 眾文圖書股份有限公司
新北市 23145 新店區寶橋路二三五巷六弄二號四樓
網路書店 https://www.jwbooks.com.tw
電話 (02) 2369-9978
傳真 (02) 2369-9975

Printed in Taiwan
ISBN 978-626-96481-4-6